Temps additionnel

Temps additionnel

Franco EVANGELISTA

Temps additionnel

Franco EVANGELISTA

Temps additionnel

Temps supplémentaire accordé par l'arbitre
à la fin d'une période pour compenser les arrêts de jeu.

5

Temps additionnel

Amsterdam, Bureau de Colin Masters

Colin Masters avait décidé. Cette fois, il ne regarderait pas à la dépense pour choisir son gardien de but. Deux fois que son club se faisait battre aux tirs au but en finale de Ligue Mondiale... cela devenait grotesque.

En consultant sur son écran la « soccer-change » en temps réel, il constata que le prix des « keepers » flambait du même feu que celui des « strikers ».

Il avait déjà en tête la composition de son équipe, huit joueurs étaient déjà sous contrat pour la finale. Il manquait, à son goût, le gardien, un latéral gauche et un buteur.

Entretenir un team coûtait cher et même si le Cartel avait permis depuis quatre ans de faire des contrats au match, le prix à payer était devenu prohibitif. Mais le système était en place et Masters était le système.

Il faisait corps avec lui, avant même de faire corps avec lui-même, pour ainsi dire, car avant d'être Masters, il avait été Galdouchine.

« Galdouchine Piotr, Novossibirsk, 1970… arrière gauche pendant huit ans au Zénith Voronej… » disait de lui l'Encyclopédie Vertel du Sport.

« Excentrique magnat de l'industrie alimentaire russe » disaient aussi les magazines people. D'autres citations de juridictions compétentes établiraient un CV d'aventurier et d'escroc de haute volée.

Pour attester du niveau de ses ambitions, il avait jugé utile de s'acheter un nom. Dans certains pays on peut choisir la plaque d'immatriculation de sa voiture, pourquoi ne pourrait-il pas, lui, s'acheter une conduite…

Quoi de mieux, alors, que « Maîtres »?

Monsieur Masters scrutait son écran la calculette à la main et malgré tous ses efforts, il était vraiment difficile de se payer le gardien et le buteur convoités.

Les compositions d'équipes devaient être déposées au Cartel dans les quinze jours et ces quinze jours-là allaient être une compétition acharnée entre les propriétaires des deux clubs finalistes.

Léonce Bardoni, le rival, était réputé pour ses coups pas francs et ses provocations médiatiques mais surtout, il avait remporté les deux derniers titres et cela suffisait largement à le rendre antipathique aux yeux de Masters.

A la fois complices au Cartel – se répartissant les fonctions électives par des élections manipulées – et rivaux dans les compétitions, ils avaient en tout cas les mains et les coudes sur le football mondial.

Bardoni avait fait ses premières armes dans le business football à l'époque où, puissant entrepreneur pétrolier en Afrique et passionné de jeu, il réussit à convaincre le Président-à-vie Lakhondo de lui vendre tout bonnement l'équipe nationale du Bandawi.

La rumeur locale, elle, faisait état d'une nuit passée à jouer au poker d'où le président sortit nu comme un ver... Cet « achat » paraissait absurde à l'époque où les clubs européens les plus riches avaient réussi à faire admettre à la Fédération Mondiale de Football que les sélections nationales payent ces mêmes clubs pour emprunter ses joueurs dans les rencontres des équipes nationales.

C'est d'ailleurs l'absurdité même de cet acte qui fit qu'aucune protestation ne vint faire obstacle à cette privatisation du football national Bandawéen. Bien au contraire, cette démarche semblait servir la cause du football en donnant à ce pays pauvre les moyens de se développer…

Il en est du football comme de tout autre commerce… En faisant l'acquisition des droits de l'équipe nationale du Bandawi, dans le no man's land juridique du pays, Bardoni devenait ipso facto propriétaire des licences de tous les joueurs de nationalité bandawéenne existants et à naître…

Il se trouve que deux ans plus tôt, le Bandawi avait emporté le Mondial des moins de quinze ans et Bardoni se retrouvait de fait « propriétaire » d'une vingtaine de jeunes promis à un bel avenir…

Ainsi put-il fournir en joueurs les principales franchises des places européennes, s'assurant ainsi un capital lui permettant par la suite d'acheter une franchise londonienne (eh oui ! le charme rétro du pays d'origine.)

Masters, pour sa part, était arrivé au Cartel par les jambons. En effet, il se croyait éloigné du football après un accident de voiture qui mit un terme précoce à une carrière sans relief quand, par le rachat d'une société italienne de salaisons, il se retrouva actionnaire majoritaire d'un club de série B italienne.

L'année même où il prit les commandes du club, le calcio connaissait sa énième crise. Un énorme scandale de corruption impliquant des clubs de tous les niveaux de compétition amena les instances dirigeantes du football de la péninsule à créer un nouveau championnat.

En effet, entre les clubs pénalisés, les promus et les relégués, on aboutissait à une série A et une série B de mêmes niveaux. Ainsi les deux séries furent regroupées en un championnat unique de deux groupes. Et Masters se retrouva donc à la tête d'un club de série A Italienne.

Après un an de rodage et des millions de dollars d'investissement tant en achat de joueurs que d'autres variables de la soi-disant noble incertitude du sport, il décrocha le titre de champion d'Italie. Deux ans plus tard, il remporta la ligue des Champions après un premier échec en finale. Il fit alors son entrée triomphale au directoire du Cartel. L'ascension fut rapide et les jambons se vendirent. Bien.

Colle San Pancrazio

La lourde porte de métal se referma derrière Nardo Marachini. La lumière matinale encore fraîche et parfumée d'air marin assaillirent tous ses sens et son corps en sursauta presque. Il fut surpris de constater comment la pierre des murs de la maison d'arrêt pouvait arrêter aussi bien les parfums que les couleurs.

Après six ans de peine, il était de retour à la vie. Il avait payé. Une « tournée générale » avait-on dit dans la presse sportive de l'époque. Nardo Marachini, grand seigneur, comme toujours, avait payé pour d'autres.

Entouré, acclamé, adulé qu'il avait été, ce matin-là, il était seul, comme venu au monde, dans un monde muet. Et c'était très bien ainsi.

Sunset Lido à Coral Bay

Sur la plage de Coral Bay, Pascal Ferrand lisait le magazine « Soccerteam » sous son parasol qui lui servait de bureau. Peut-être nourrissait-il cette illusion de croire qu'en sirotant son apéritif habituel, il verrait un jour, sous ses yeux apparaître le prochain dieu du football d'entre ces enfants à demi-nus qui courraient derrière une balle sur la plage.

Pour l'heure, il vérifiait que le journaliste rencontré la veille à l'Hôtel Central rapportait fidèlement ses propos.

Il fallait que toute la planète foot sache que Kostic son protégé avait toujours rêvé de vivre aux États-Unis et qu'il était prêt à quitter les brumes londoniennes pour le nouveau Monde. Lesdites brumes londoniennes s'agiteraient bien assez vite pour tenter de le retenir quelques temps encore.

Le protégé en question avait signé un contrat de six mois avec les West End Swans, mais végéter dans un club de milieu de classement britannique ne le motivait pas et il visait déjà le grand saut vers la piscine de dollars américaine.

Ferrand savait qu'il ne fallait pas tarder à faire monter les enchères. Lui ne se préoccupait pas tant d'un contrat avec des américains que de la nécessité de mouvementer le marché. Le Croate avait à son actif deux bonnes saisons de suite mais, Ferrand le savait d'expérience, ce croate-là ne tiendrait pas longtemps à ce rythme. Il fallait donc que le prix bondisse avant qu'il ne soit trop tard et que les caprices du yougo ne le rendent incontrôlable. Il avait déjà annoncé après son premier transfert qu'il n'accepterait pas d'aller dans les pays du Golfe pourtant bien fournis en barils de... dollars. Bref, qu'il reste ou qu'il parte, il fallait un nouveau contrat ou une retouche au contrat en cours.

La durée moyenne des contrats dans l'écurie Ferrand était de 8 mois pour le commun des mortels footballeurs, ce qui représentait environ 75 % du portefeuille d'agent de Ferrand. Les 25 % restants se composaient des super stars qui proposaient leurs services au match, sans compter les parts de joueurs qu'il se partageait avec d'autres (investisseurs, parents ou concurrents).

En tout cas, Ferrand était à la tête d'un joli petit capital de purs sangs ou de bourrins, étant admis que de toute façon, il y a un marché pour les deux.

Cela faisait au total quelques trois cent professionnels du ballon rond qui étaient encartés dans sa petite entreprise de placement.

Le journaliste avait suivi les indications de Ferrand et il en serait récompensé. Juste un échange de bons procédés entre professionnels.

L'essentiel des infos du journal tournait autour de la prochaine finale de la Ligue Mondiale évidemment. Les indiscrétions qui filtraient des deux camps montraient, certes, une certaine tension mais il fallait distinguer l'info de l'intox. La seule info, pour Ferrand, devait venir de l'un de ses multiples téléphones portables qu'il avait constamment à portée de main. Quoi qu'il arrive, il aurait Masters et Bardoni au bout du fil dans les quinze jours qui suivraient. Et le plus tard serait le mieux.

Colle San Pancrazio

Nardo commença sa descente vers les hommes par la petite route de pierre qui ne même nulle part sinon à d'autres routes.

Comme c'était inhabituel de marcher avec l'aide de cette petite pente et ces tournants ! Il ne s'était pas préparé à cette sortie anticipée, ignorant comme bien d'autres qu'un petit fonctionnaire anonyme du ministère des Grâces et de la Justice pouvait avoir retrouvé une réponse favorable à une demande de remise de peine pour bonne conduite qu'un de ses collègues pouvait avoir égaré.

C'était aussi bien que ce retour commence par cet intermède champêtre, route solitaire encadrée de plants d'oliviers dressés sur la rocaille propice aux siestes des vipères.

Après plusieurs minutes de marche sous le soleil, la première intersection et les premières voitures. De l'autre côté, une cabine téléphonique.

Casale Rapeno

Le prochain jeu de la Playmax Limited serait une merveille de technologie tant pour la qualité de l'image que pour les nouvelles fonctions de la manette fantôme.

Beppe Marangon travaillait d'arrache-pied depuis six mois sur le développement du nouveau système de synthèse d'image.

Au moment où le téléphone sonna, Beppe ne savait pas vraiment s'il faisait jour ou nuit ou autre chose encore.

Il cliqua sur l'icône « téléphone ».

– Aallô oui ?

– Monsieur Marangon !

– Monsieur Lin !

– Je ne vous dérange pas j'espère…

– Je suis en plein travail…

– J'en suis certain, Monsieur Marangon, je voulais simplement savoir si tout se passait bien et si vous pouviez me donner une idée approximative de la date de livraison, vous comprenez, mes amis investisseurs ont des dispositions à prendre…

– Nous avons tous des dispositions à prendre, Monsieur Lin, je vous ai dit : fin juin, ce sera fin juin ! Meilleures salutations !

Et il raccrocha. C'était ce genre de coup de fil qui pouvait irriter Beppe et… ces manières d'orientaux capitalistes qui n'avaient aucun sens de la belle ouvrage. C'est bon, il n'avait plus envie !

– Moi aussi, j'ai des dispositions à prendre, Môssieur Lin ! Ahhh ! Je vais me faire un vrai café !

Il alla ouvrir les volets de la cuisine. La lumière éclata dans la petite pièce. Cinq minutes à peine et il eut le bonheur de sentir la bonne odeur du café et d'admirer le paysage qui s'offrait à lui : la baie de Naples, juste derrière le flanc du coteau. En maître graphiste qu'il était – et reconnu de tous – il ne pourrait jamais reproduire à l'identique ces couleurs-là. Il le savait et trouvait que c'était très bien ainsi.

Il avait même une théorie sur l'air des couleurs... mais ces théories-là se racontent, se savourent entre amis. Et des amis, Beppe n'en avait plus.

Yo ku Lin était un chinois millionnaire en dollars et il détestait les solitaires, les taciturnes et les présomptueux. A ses yeux bridés, et pour ces motifs réunis, Beppe Marangon était un extra-terrestre.

C'était insupportable qu'un petit italien (!) sans le sou puisse lui parler sur ce ton. C'était intolérable aussi pour lui de penser, qu'un génie de la technologie informatique ne puisse pas naître parmi plusieurs milliards de chinois.

Colle San Pancrazio

La solitude de Nardo était vraiment grande dans cette cabine téléphonique qui n'acceptait que des « Pass Point Bleu » ! Il opta donc, comme le suggérait un panneau judicieusement placé, pour se rendre au Motel Bellevue, « à gauche », sur la grand-route…

Il marcha quelques centaines de mètres, mais aucun hôtel ne se profilait à l'horizon. Il posa son sac sur le bord de la route, histoire de faire le point. Il hasarda un pouce levé au passage des autos, sans conviction. Néanmoins, un paysan chevauchant fièrement son tracteur fut pris de compassion, sans doute. Ou bien était-il habitué à voir des piétons perdus à cet endroit ?

– Le motel ?

– Le motel, opina Nardo en saisissant le bras tendu.

Accroché solidement à l'habitacle, Nardo remercia intérieurement son guide de ne pas montrer plus d'intérêt que cela à sa présence à ses côtés.

Le trajet fut orné des odeurs pétrolières et du ronflement régulier de la machine agricole.

Malam, banlieue d'Accra

Léonce Bardoni s'essuya avec application et remonta son pantalon. Salimata remis de l'ordre dans les replis de ses voiles et se laissa glisser du bureau sur lequel son patron venait de la prendre.

Bardoni aimait voir la blancheur de son sperme sur la peau noire de son employée. Salimata n'aimait pas. Ni Bardoni, ni son sperme. Elle se retira dans la pièce voisine.

Bardoni s'assit à son bureau et se servit une rasade du whisky qu'il rangeait dans le premier tiroir, à côté de son revolver. Son écran d'ordinateur signalait deux messages internet. Il cliqua sur le premier et le lecteur audio apparut au premier plan.

– Biip !

– Salut patron, c'est Carlos, je vois que vous êtes occupé, hein ? Bon, je viens de parler avec Johnson Bend, il est d'accord. On zappe son agent, il m'a dit qu'il en ferait son affaire. Je pense qu'il est fiable. Pour un match, en tout cas. Je vous rappelle dès que ça se confirme. Changez pas de main… Ciao !

– Petit con, pensa Bardoni.

– Biip !

– Bardo chéri, je crois que tu as encore oublié la petite somme que tu dois à ton ex et à tes enfants chééris… je compte sur toi…

– Petite pute…

Salimata apparu dans l'encadrement de la porte.

– Ze m'en vais, monsieur Bardoni, ze rentre sez moi...

Bardoni se saisit de son portefeuille et sortit des billets verts qu'il posa sur son bureau.

– Tiens, pour tes enfants...

La jeune femme s'approcha du bureau et pris les billets.

– Tu reviens demain, à la même heure.

– Bien, monsieur.

Elle plaça soigneusement les billets dans un petit porte-monnaie qu'elle rangea dans un petit sac qui descendait sur sa hanche.

– Au revoir monsieur.

Elle partit dans un froissement de tissu lent et régulier qui accompagnait un pas souple et élégant.

Bardoni les aimait jeunes et soumises mais il appréciait les têtes bien faites qui connaissaient les réalités de la vie.

Tout le contraire de ses épouses, finalement.

Motel Bellevue

Le tracteur stoppa net à l'entrée du parking et fit entendre son robuste klaxon. Une jeune femme fumait une cigarette sur le côté de ce qui devait être l'entrée du motel. Appuyée au mur, sa tête touchait presque la pancarte accrochée à un vase en suspension. « on recherche un veilleur de nuit » était-il indiqué.

Elle fit un geste de la main. Le conducteur répliqua :

– « Livraison express » !

Nardo jeta son sac au sol et sauta de l'engin.

– Ciao, Alberto ! lança la demoiselle.

Le tracteur fit une embardée pour salut et s'éclipsa.

La jeune femme écrasa sa cigarette, se frotta les mains et vint à la rencontre de Nardo.

– Bienvenue au Motel Bellevue, monsieur, dit-elle en tendant la main.

– Merci, j'ai eu un peu de mal à vous trouver...

– A pied en plus !

C'est mon père... Il n'a pas une très bonne notion des distances. Et puis, à pied ou en voiture, c'est un peu différent tout de même.

– Je confirme. Mais j'ai l'impression que cet Alberto est un habitué du transport de voyageurs, non ?

– Un vrai fournisseur ! dit-elle dans un rire.

Casale Rapeno

Beppe s'était laissé aller à suivre ses chattes dans le jardin. Fatou se roulait sur l'herbe tandis que Mata restait assise près de Beppe, attendant que celui-ci fasse le premier pas pour une ballade.

Beppe savourait son café sur les marches de l'entrée. Il le savourait d'autant mieux qu'il avait arrêté depuis un mois maintenant cette fameuse première cigarette. Quel bonheur !

Une espèce de sonnerie sourde retentit. Un son à la fois familier et rare. Il rentra dans la pièce principale…

Il mit un moment à trouver dans une armoire de l'entrée le vieux combiné de bakélite.

– A… Allô ?

– ….

– Allô !

– Oh Beppe ! …

Nardo Marachini avait signé Manzoni au registre du Motel Bellevue. La petite chambre au premier ne donnait pas sur la route.

Le dessus de lit était frais et soyeux, ses os craquèrent quand Nardo s'allongea. Ces bouffées d'air de liberté l'avaient mis dans un état de flottement dont il jouissait.

Il y avait pourtant une chose qu'il devait faire avant de laisser la fatigue de la liberté faire son œuvre.

On frappa à la porte. C'était le café qu'il avait commandé. La jeune femme brune avait des airs de gitane et son sourire était comme une caresse aux yeux de Nardo. Elle posa un petit plateau sur la table de chevet et s'éclipsa dans un souffle.

Nardo sucra légèrement son café. Le café sentait bon. Il prit la tasse, le téléphone, et alla s'installer dans un fauteuil devant la fenêtre…

– Nardo ! C'est toi, mon frère ?

– C'est moi, Beppe, c'est moi.

Giuseppe Marangon et Comunardo Marachini étaient quasi-jumeaux. Aucune ressemblance, mais ils étaient nés avec deux jours d'écart. Assunta Marangon était institutrice et vivait séparée de son mari, ou, il serait plus juste de dire que son mari était parti pour d'autres aventures.

Elisabetta Marachini, pour sa part, avait été une ouvrière des usines de briques Zagaroni et avait épousé le facteur du village.

Lorsqu'elle décéda, dans la sixième année de Comunardo, emportée qu'elle fut par une maladie qu'elle avait contractée à l'usine, les deux garçons Marachini se retrouvèrent seuls dans cette grande maison de Casalunga à laquelle la femme avait donné son souffle de vie. Ce furent des mois de tristesse et de recueillement pour l'adulte et l'enfant.

Puis la vie revint au contact du petit Beppe, camarade de jeux de Nardo. Beppe venait souvent à la maison. Les deux familles se rapprochèrent davantage. Assunta s'occupait du petit Comunardo et Aldo Marachini, semblait-il, s'occupait avec intérêt de la mère du petit Beppe.

Certains, dans le village, mauvaises langues ou fin psychologues (ou les deux) pensaient que monsieur le facteur pouvait avoir, quelques années plus tôt, glissé une lettre ou autre chose entre les jambes de l'institutrice...

En tous cas, si ce n'était fait, cela fut fait par la suite puisque les garçons Marachini quittèrent la maison des champs et partirent au village, habiter chez les Marangon.

Ainsi Nardo (Assunta l'appela ainsi par respect pour la mère qui était la seule à l'appeler Comunardo) et Beppe (diminutif de Giuseppe) grandirent-ils ensemble.

Ce furent de belles années de jeux, de rires et de bêtises partagées dans un environnement familial serein. Assunta et Aldo se démenaient pour faire vivre dans leur petit village la conscience sociale de cette partie de l'Italie, sinon déshéritée, en tout cas loin de certains et ignorée par d'autres, ce sud fier et dur avec lui-même et avec ceux qui venaient s'y enraciner.

Les réunions du vendredi soir du comité de zone laissaient aux enfants la faculté de préparer la tactique du match du dimanche matin.

Les deux garçons partageaient le goût de la collection des figurines de footballeurs mais à cette époque, déjà, c'était compliqué de coller les images dans des pages ou les effectifs des clubs changeaient à tout moment de la saison.

Les années passant, les deux enfants se différencièrent à tout point de vue. Le caractère, certes : Beppe était suiveur, Nardo le leader, Beppe restait petit et Nardo s'allongeait.

Beppe était aussi passionné pour le football que Nardo, mais il n'en avait pas les moyens physiques. Alors que Beppe était un milieu de terrain coriace mais poussif, Nardo alliait l'élégance du jeu à la clairvoyance tactique. A l'adolescence, alors que Nardo était devenu le patron sur le terrain de l'équipe Brasserie San Michele, Beppe réussissait à mettre des moustaches à Obama sur le site internet de la Maison Blanche !

– Alors tu es sorti...

La voix de Beppe était douce, comme si, de parler à son ami faisait ressortir la part d'humanité stagnante dans la quasi solitude de sa vie.

– Je suis dehors, Bè... et je suis K.O... L'immensité du monde me fait trembler, je sens l'espace, le mouvement, les couleurs qui se mélangent devant mes yeux, je ressens une forme d'ivresse légère...

– Ils t'ont réduit ta peine alors ?

– Hé ! Tu croyais quoi ? Que je me suis évadé ?

Oui et non. Beppe avait espéré depuis le début de cette affaire merdeuse que son Nardo ne craque pas, qu'il ne se laisse pas emporter par sa révolte étouffée. Quinze ans de réclusion, pour un innocent, ça fait beaucoup. Et six ans seulement étaient passés.

– Mais où es-tu Nardo ?

– Je suis dans un motel à quelques kilomètres de la maison d'arrêt, je me sens tellement faible que j'ai eu besoin de sentir une bonne odeur de café, une bonne couche sous ma carcasse...

– Je viens te chercher Nardo, dis-moi où exactement...

– D'accord. Mais laisse-moi le temps, mon Beppe, viens demain... Motel Bellevue, sur la Statale 240, km 124... ça te dit ?

– Et comment, ça me dit ! Demain, même heure, on prendra le café ensemble !

– Ciao Bè. Attention à toi.

– Ciao, Nà, repose-toi bien.

Quelques années plus tôt, les journaux sportifs avaient titré : « Le coup de folie de Marachini ».

Comunardo Marachini avait été retrouvé sur une plage du lido d'Ostie ivre mort et armé d'un revolver. A quelques kilomètres de là, Giovanni Scarpetta, son agent, avait été assassiné de deux coups de revolver dans la nuque.

« Marachini ne voulait pas se plier aux exigences de Scarpetta (...) Giovanni Scarpetta, la trajectoire d'un mafioso dans le calcio (...) Marachini perd son match contre la mafia (...) »

Deux mois plus tard, les faits étaient établis par la justice : Nardo Marachini, après avoir passé la soirée en compagnie de Scarpetta l'avait raccompagné à son domicile et lui avait tiré deux balles dans la tête après une dispute qui devait avoir été violente selon les voisins de la victime. Le compagnon de la victime, absent au moment des faits fit état de la disparition d'une valise placée dans le coffre et contenant deux millions de dollars.

En réalité, Scarpetta se savait en danger. Il avait fricoté avec des albanais dans une affaire de machine à sous et en avait récolté quelques inimitiés bien senties du côté des palais romains. Il avait confié à Nardo une mallette de billets qu'il voulait mettre en lieu sûr en attendant que ça se calme.

Nardo avait quitté un Scarpetta vivant. Sur la route, il était rejoint par deux hommes à moto qui l'obligèrent à se jeter sur le bas-côté. Il fût frappé et emmené sur la plage où on lui fit vider deux bouteilles de whisky.

Il fut laissé inanimé sur les lieux, le whisky à sa droite, l'arme à gauche. La voiture ouverte, moteur éteint.

Face aux enquêteurs, Nardo ne parla pas. Il avait compris très vite que les choses étaient bien trop ficelées pour qu'il puisse en réchapper. Depuis des mois déjà, il avait senti le vent tourner. La déprime après le titre mondial, le changement d'agent, imposé par la maladie incurable de Rosario Morelli, son imprésario de toujours, les problèmes du genou qui revenaient l'éloigner des terrains, la rupture avec Mariettina.

Il n'avait jamais touché une arme de sa vie et l'alcool ne lui faisait plus rien... Quand la lueur de la torche d'un maître-chien l'avait réveillé sur une dune d'Ostie, il avait vu sa mort. Les semaines suivantes, il avait pu compter ses amis. Beppe et Taddeo, étaient là, Mariettina était venue de sa lointaine Somalie, Concetta la silencieuse, quelques messages d'amitiés saisonnières et footballistiques, des bloggers, fans fidèles de sa vision du jeu...

Mais Nardo, n'avait déjà plus sa place dans le petit monde du calcio et il n'était pas du genre à jouer des coudes pour se montrer face camé-ra.

Son affaire occupa la une des journaux pendant quelques semaines puis son absence de réaction éloigna les médias. Et le mercato d'été repris sa place dans le fil de l'actualité sportive.

Fleetwood Park Hotel, chambre 213

Dans un quartier de Tampa, dans la chambre qu'il occupait depuis cinq jours, Donovan Laynee détacha la sangle qui libéra le Taxidropyl dans ses veines.

La lumière chaude qui perçait entre les persiennes ajoutait à sa langueur du moment. Il s'allongea sur le lit et fit tomber le flacon vidé de son précieux liquide.

C'était la dernière injection d'une série de cinq qui lui permettrait de tenir sa place et son rang dans une des deux équipes finalistes.

Il avait déjà joué pour l'une et l'autre des franchises finalistes cette année et sans doute, pensait-il, ce serait sa dernière finale à ce niveau. 38 ans, pour un gardien, ce n'est pas si vieux, on se souvient de nombreux exemples dans le football du siècle dernier et parmi les plus grands. Mais de nos jours, avec le rythme de travail et les produits utilisés, on combat le mal par le mal : ce qui devrait aider à supporter la fatigue devient une agression à l'organisme. Mais il faut répondre présent au moment voulu pour la durée voulue.

A Mascalaito's Point, le centre d'entraînement réputé de Floride, les armoires à pharmacie portent bien leur nom. Les pilules pour la décontraction côtoient les gélules pour développer les muscles. Et les apprentis champions viennent en masse apprivoiser leur corps.

Laynee est passé par là comme tous les autres, mais lui avait décidé de durer et de maîtriser ses apports médicamenteux. La liste étant longue de ceux qui vécurent jeunes et vigoureux et quittèrent la vie en pleine santé ou finirent leurs jours dans des mouroirs dorés.

En perdant sa loyauté au sport, Laynee s'était rapproché de Dieu. Ce qui l'avait éloigné encore plus des hommes.

Jeune athlète, il débuta dans le football après avoir été champion du monde universitaire de saut en hauteur. La pureté de ses foulées et la poussée qu'il donnait pour soulever son corps au-dessus de la barre étaient des merveilles de la technique. Passé au football, à la masse musculaire des attaquants, il opposait sa légèreté et sa grâce.

Il était de la race des gardiens félins, joueur d'instinct, maître dans la lecture du jeu.

Les années passant et son caractère s'affirmant, ce gardien exceptionnel commença à s'isoler de l'establishment du ballon rond. Ce qui lui valut des coups et des blessures tant au propre qu'au figuré. Sa classe lui permit cependant de signer régulièrement des contrats dans les plus grandes franchises.

Nombre d'attaquants s'essuyaient les crampons sur son maillot noir mais dans les défenses, chacun savait qu'avoir derrière soi Donovan Laynee était un gage de sécurité.

Pour autant, personne ne pouvait se vanter d'avoir jamais eu un rapport d'amitié avec lui.

Les vrais ennuis commencèrent pour Laynee lorsque, managé par le père Ferrand, Martin, il fit la rencontre du Professeur Loujkov. Si ce Loujkov était professeur, personne ne sut jamais vraiment quelle était la matière enseignée. Cependant, force est de constater qu'il faisait de la recherche et qu'il trouvait des associations de substances chimiques qui, prises dans certaines conditions, permettaient à des athlètes de réaliser des performances de haut niveau.

Il fallut trois ans à Laynee pour constater que les mixtures du Professeur, en plus d'être déterminantes dans la pratique sportive, avaient des effets bien au-delà de l'effort physique. Évidemment, la motivation, la gagne, ça fait partie du tempérament sportif, mais quand Judd Alistair tua sa femme de trois coups de revolver la veille d'un match parce qu'elle se refusait à lui, ou bien lorsque Pak Il Sok arracha l'oreille d'un supporter (à l'époque, ça existait encore), il y avait de quoi s'interroger sur les interactions chimiques.

Laynee s'était vu près de jeter son enfant Jason de sept mois par la fenêtre. Depuis lors, il préférait s'en remettre à Dieu plutôt qu'à Loujkov. Pour sa santé, il s'estimait assez compétent pour faire ses mélanges seul. Restait à trouver les composants. Ses amis d'enfance, experts en deals de toute sorte devinrent fournisseurs attitrés.

Ainsi, dans cette chambre glauque de Tampa, il venait régulièrement préparer ses grands matches : cinq jours d'infiltrations, les dernières à quinze jours de la rencontre, un Taxidropyl le matin, un Vectadox le midi et un « Laynee Special » le soir.

Les journées sont longues à Tampa pour quelqu'un comme Donovan Laynee. Quelqu'un qui va au bout de son histoire en voulant en sortir gagnant, tant que c'est encore possible. Le sport lui avait tout donné, tout repris, tout rendu gâché. Sa vie de famille surtout. Combien de fois Martha avait-elle fait ses valises ? Combien de temps avait-il passé avec son fils ?

Laynee devait lâcher avant que tout ça ne tourne mal. C'était la dernière ligne droite. La finale de la Ligue Mondiale devait être pour lui et lui permettre de signer un dernier contrat pour la saison suivante, « si Dieu veut » se répète-t-il. Il avait promis.

Atlanta, société Sporting Box

Dans le bureau de Bill Stockwell, une vidéo-conférence se tenait, énième réunion préparatoire à la retransmission de la finale de la Ligue Mondiale. Les contrats avec les annonceurs étaient d'ores et déjà signés et la distribution des espaces négociée. Il s'agissait maintenant de s'assurer des systèmes de sécurité contre le piratage de la retransmission.

Depuis qu'à la coupe du Monde 2006, certains réseaux nationaux de télévision ne pouvant s'offrir les droits de diffuser, des opérateurs alternatifs ont piraté les diffusions autorisées et les ont proposées sur internet, cela signifiait qu'un marché parallèle des droits était possible, même si illégal. Ainsi, les annonceurs qui ne pourraient pas être présents sur le diffuseur exclusif pourraient être présents sur les réseaux alternatifs.

Internet permettait de disposer de techniques innovantes tout à fait en cohérence avec les procédés du clip publicitaire. Ainsi, il était devenu possible et toléré, par exemple, de remplacer le public d'un stade par des images d'automobiles, de jeans ou de soda.

Les images animées étaient plus difficiles à supporter à la vue, mais cependant, certains annonceurs, comme pour une hola, disposaient à la place du public des images qui s'animaient quand le jeu était arrêté.

Juste retour des choses, la télévision s'emparara des procédés.

Ainsi, l'internet, d'une position marginale et rebelle au système en devint force de proposition et à ce titre, nul doute que, dans leur logique de stratégie industrielle, les réseaux télé, noyauteront ces diffuseurs internet et en prendront le contrôle, un jour.

Motel Bellevue

Nardo savourait sa cigarette de libéré. Il avait de quoi fumer là où il avait été mais le goût n'était pas le même, bien sûr. Sa marque de cigarettes préférée était disponible, comme tout ce qui pouvait se réclamer de l'extérieur de la prison.

Le petit soleil de l'après-midi romain rallumait une chaleur longtemps oubliée par ses os et ses muscles de champion. Ses yeux ne savaient plus voir au-delà de cinquante mètres, qui était la limite que lui offraient les murs de la maison d'arrêt, dans la meilleure des configurations « promenade ».

Il n'avait jamais eu le pied marin, mais ces bateaux qu'il voyait au loin de sa terrasse d'hôtel lui donnaient une impression de liberté et d'espace à dévorer. Cette expression le fit sourire. Le dévoreur d'espace, ce n'était pas lui. Lui, c'était le métronome. Le dévoreur d'espace, c'était Taddeo, Taddeo Murini.

« Murini, Taddeo, milieu de terrain, international italien. Il formait un tandem redoutable avec Nardo Marachini, son coéquipier de l'équipe de Naples. Surnommé « le dévoreur d'espace » pour sa capacité à traverser tout le terrain balle au pied, les statistiques de matches montraient qu'outre le fait d'être un récupérateur hors-pair, il était le principal fournisseur de balles de Marachini (...) plusieurs fois champion des titres italien et européen, il reste l'un des derniers joueurs du championnat italien à n'avoir jamais changé de club. »

Sa carrière derrière lui, il avait pris la suite de son père et développé la petite activité de production de tomates dans le sud de l'Italie.

Il avait rencontré Nardo dans un stage de détection des 12/14 ans du club de Naples, à l'époque où celui-ci vivait encore dans le deuil des Maradona et autres Zola.

Ils furent recrutés en même temps et leur complicité sur le terrain et en dehors était éclatante. Ensemble, ils remportèrent presque tous les titres possibles, en club ou en sélection nationale. Mais surtout, ils restèrent fidèles à leur club. Seul Nardo osa une saison en Liga espagnole qui faisait encore rêver à l'époque mais une blessure au genou mal soignée lui fit perdre sa place et son temps.

Taddeo lui, ne voulait pas s'éloigner de sa région et, qui plus est, il n'avait jamais été intéressé par l'argent ni même les honneurs.

Foot et tomates, c'était son credo.

Non, Taddeo n'était pas un milliardaire du calcio et c'était très bien comme ça.

Pour sa part, Nardo, quand il revint de Barcelone avec son genou mystérieux, proposa au président De Curtis de l'engager avec un salaire au « minimum syndical ». Deux saisons magnifiques et un titre marquèrent ce retour au pays de Nardo et le décès de René De Curtis, le président-patron du club.

Masters III Building

Le pool technique de la Baystream United était réuni dans le Bureau Ovale du dernier étage du Masters III Building à Amsterdam. Les logiciels de synthèse technique avaient rendu leur sentence quotidienne sur les meilleurs choix possibles de joueurs en fonction de leurs caractéristiques à la fois techniques, tactiques et physiques du moment. Mais ces logiciels-là, aussi perfectionnés fussent-ils ne donnaient pas de résultats concordants et les discussions animées qui se tenaient dans l'enceinte aseptisée du Bureau Ovale ne volaient pas plus haut que les discussions d'avant-match au troquet du coin.

Plusieurs courants se côtoyaient dans ce pool : les gourous diplômés en coaching qui misaient sur la préparation mentale, les développeurs d'applications qui ne juraient que par les données chiffrées et les biorythmes et enfin la caste des commerciaux recyclés dans le lobbying, chargés des relations avec les institutionnels et les arbitres. Ces derniers étaient les dignes descendants des accompagnateurs des années de fin de siècle dernier qui proposaient aux arbitres des jeunes filles dans leur chambre d'hôtel la veille des rencontres ou bien des montres en or après les matches.

Ceux-ci pensaient clairement qu'une valise de billets bien placée pouvait faire gagner bien des trophées.

Masters savait que de toute façon, c'est lui qui aurait le dernier mot, que les indications que ce pool pouvait donner n'étaient pas déterminantes, mais il pensait que ces personnes-là, pour qui il n'avait que peu d'estime d'ailleurs, pouvaient raisonner à partir d'éléments que son rival pouvait avoir lui-même à sa disposition et Masters ne voudrait pas se passer d'informations dont disposerait son adversaire.

Un des membres du pool, se croyant malin, avait demandé un jour à l'un de ses collègues :

– Pourquoi appeler cette pièce le Bureau Ovale ? On n'y parle pas rugby !

Sunset Lido à Coral Bay

Le vidéotéléphone de Marc Ferrand laissa échapper sa sonnerie « Rambo walk » et le visage de Zoltan Kostic apparu sur l'écran.

« Encore ce casse-couille de Yougo ! » se dit Ferrand...

Il prit la communication.

– Zo ! Mon ami ! Comment vas-tu ?

– Zo pas content, Pascal ! J'ai vu article sur le journal... tu m'as pas dit avant... tu devais me demander permission... c'est dangereux pour moi...

– Zoltan Kostic !

– …

– Zoltan Kostic, qu'est-ce que tu crains ?

– Je crains de perdre mon contrat…

– Ton contrat, il est dans mes mains et personne n'y touchera, tu entends ?

– Zoltan entend mais Zoltan inquiet pour son argent !

– Zoltan pas s'inquiéter : si franchise veut garder Zoltan, Zoltan gagner plus, si autre franchise veut Zoltan, Zoltan gagner plus, qu'est-ce que Zoltan veut en plus ?

– Mmm…

– Hein ?

Ferrand raccrocha et le visage de Zoltan se figea.

« Putain de yougo ! Il aligne trois tirs cadrés par match, il se ramène des caisses de fric dans un palace, se tape toutes sortes de sexes sur pattes dans toutes les positions et il vient me faire chier ? »

Catwalk Rooftop

Dans l'atelier de la tour Catwalk, Jim et Don Fraser animaient une réunion en comité restreint. L'atelier ne fournissait rien depuis les années 2010. Le branding de l'époque avait amenés les équipementiers à ne plus produire que des idées et pas la moindre chaussure ou textile de sport.

L'atelier était devenu la salle de réunion principale et elle gardait le lustre d'antan.

Les frères Fraser avaient bien en tête le fonctionnement du marché de l'article de sport et ils étaient même des professionnels de l'innovation (du ridicule, disaient certains, depuis qu'ils avaient acheté le droit d'équiper le pied d'appui de Jain White, championne olympique de saut en hauteur en 2012).

En effet, les deux lascars de Pennsylvanie qui avaient hérité de plusieurs usines de caoutchouc s'étaient intéressés aux sports en travaillant sur de nouvelles matières. Le créneau était petit face aux 3 monstres mondiaux du sport. Cependant, lorsque la bataille se déplaça du terrain de la production à celui des idées et de l'invention pure, les Rubber Brothers surent saisir leur chance.

Puisque ils étaient les quatrièmes à venir sur le marché, ils pensèrent qu'être quatrième partout était légitime. De là vint l'idée qu'un sportif puisse ne pas être « exclusif » et porter des équipements des différentes marques. Après tout, avant que tout cela n'existe, les sportifs eux-mêmes achetaient bien – oui ! achetaient – des équipements de différentes origines, au gré de leurs goûts ou de leurs performances.

On le sait et on le répète constamment, là où le commerce trouve ses limites, la loi s'empresse de les repousser.

Altius, Citius, Fortius !

Les Fraser, donc, dans la finale qui se préparait, pourraient avoir leur mot à dire, mais apparemment, plutôt au niveau des chaussures. Et le problème des chaussures, c'est qu'en pourcentage de surface de couverture à l'image c'est vraiment réduit. Et s'il fallait dire un mot, justement, c'était au diffuseur de la finale. Et pourquoi pas le Cartel, me direz-vous ? Parce que le Cartel avait déjà dit non. Ou plutôt, il avait dit qu'il avait pris d'autres engagements qui l'empêchaient de toucher à quoi que ce soit.

Les Frères avaient proposé dans un premier temps à Sporting Box de filmer les joueurs en entier durant les hymnes et non seulement le visage, ce à quoi Norman Scanlon, le directeur opérationnel de la chaîne avait répliqué que la présence des enfants témoins devant chaque joueur empêchait de toute façon de voir les chaussures. Ils essayèrent donc d'inciter le Cartel à faire intervenir les enfants à un autre moment, voire à accompagner simplement les joueurs à leur entrée sur le terrain et à se retirer. D'ailleurs, qu'ont-ils à voir ces enfants avec les hymnes ? D'ailleurs pourquoi continue-t-on à appeler ces chansons de bastringue des hymnes ? Ah pardon, l'identité de la franchise… Bref, tout restait à faire pour ce qui était devenu une affaire d'état dans la famille Fraser.

Scanlon, dont les techniciens étaient équipés de chaussures Catwalk gracieusement offertes, proposa de mettre des caméras au ras du sol pour faire quelques plans serrés au moment de la présentation des équipes. Mais Scanlon avait omis d'en parler à son patron Stockwell.

La ficelle était grosse mais intéressante, à creuser, il faudrait alors que d'autres marques apparaissent pour ne pas laisser transparaître l'arrangement.

Amedeo Gorini, le porte-parole du Pool Sponsors avait de son côté une réponse au problème des Fraser, sauf qu'il n'avantageait pas forcément les Fraser seuls face aux autres industriels. La proposition était simple pourtant. Pourquoi ne pas voir avec Sporting Box la possibilité de produire à l'écran des fiches

« joueur » avec la liste des équipements mis à sa disposition ? C'était simple, non agressif pour le téléspectateur, informatif, non, vraiment, tout bien. Le seul problème, c'est qu'il ne fallait pas aller trop loin et surtout, qu'il fallait y aller seul. Trop de pub tue la pub. Il faut trouver des espaces inexplorés et s'y fixer les premiers avant d'être rejoints par les autres et alors se retirer pour aller ailleurs, plus loin.

Pour les Fraser, la solution de dernière minute pouvait de toute façon être celle de rendre plus visible le logo de la marque sur les chaussures et sûrement que quelque chose serait jouable avec Scanlon, notamment sur les ralentis d'actions de jeu.

Bill Stockwell

Bill Stockwell avait un vrai problème. Et pour tout dire, il avait hâte que la finale se joue.

Le problème de Bill, deux personnes du staff technique en avaient connaissance. Le logiciel de mixage n'était pas stable.

Outre le fait que des diffuseurs pirates pouvaient répliquer les images en direct et les écouler sur le net avec un temps de latence d'un quart de seconde et revendre des espaces publicitaires libérés, il y avait aussi le risque que le poids total du dispositif publicitaire crée des ralentissements ou même des arrêts ponctuels de l'image.

Le nouveau logiciel employé pour cette rencontre avait satisfait aux tests de fiabilité imposés par le cahier des charges de la Ligue Mondiale. Les tests étaient positifs donc, mais ils ne prenaient pas en compte la charge de données finale. Stockwell avait été témoin lui-même d'une défaillance en séquence de simulation.

Pour couronner le tout, un membre de l'équipe de développement avait été retrouvé mort. Mauvais signe.

Camp de Baidoa

Dans le camp de réfugiés de la Croix Rouge, à 5 kilomètres au Nord de Baidoa, Mariettina Corradi se débat avec les problèmes de logistique. Les médicaments adressés par l'ONU sont bien arrivés mais les vivres ont disparu. La faim, la soif, la maladie, c'est son quotidien – le terrorisme et le brigandage aussi, quoique les brigands se présentent le plus souvent sous l'aspect de cols blancs.

En douze ans de travail sur ce continent, Mariettina continue à voir les mêmes scènes : la guerre, la barbarie et le manque de tout.

Mais c'est là qu'elle se sent utile même si elle n'est qu'un grain de poussière dans le marasme politique, humain et écologique de ces régions.

Ce n'est pas l'aide humanitaire qui l'avait rapprochée de Nardo, car bien avant cela, elle aidait comme serveuse à la Brasserie qui sponsorisait l'équipe de Nardo adolescent.

Ils avaient à l'époque une certaine attirance l'un pour l'autre comme on peut en avoir pour l'inconnu ou l'étrange, car Nardo n'était pas un enfant comme les autres – c'est du moins ce que disait Mariettina.

Cette relation devint plus lointaine et distendue du fait des études de Mariettina dans le Nord et des études (de football) de Nardo, au Sud.

Leurs chemins se croisèrent lorsque l'Association pour laquelle travaillait Mariettina, recherchant des fonds, réalisa une série de spots publicitaires avec des sportifs de différentes origines et spécialités. Elle était chargée du budget Afrique et leurs retrouvailles furent en réalité leur vraie rencontre. Bien sûr qu'ils avaient des nouvelles l'un de l'autre, qu'ils se suivaient à distance, mais là, ce n'étaient plus des jeux d'enfants. Ils passèrent une semaine ensemble et ne se quittèrent plus... Enfin, disons plutôt qu'entre les voyages et les projets africains de Mariettina et les compétitions d'un bout à l'autre de l'Europe de Nardo, ils arrivaient à se voir quelques jours, certains mois. Mais ils respiraient tous deux le bonheur.

Nardo s'impliquait de plus en plus dans les causes de Mariettina, il soutenait son action, mais cette action l'éloignait de lui. Malgré l'amour qu'elle avait pour lui, elle ne voulait pas renoncer à son action.

Nardo le prenait mal, puis ses blessures à répétition vécues sans elle le rendirent lugubre. Elle faisait pourtant tout son possible, mais ce n'était pas assez pour Nardo qui mit fin à cette relation sans espoir de stabilité. Stabilité qu'il ne trouva pas plus aux bars des différents locaux nocturnes où il prit ses habitudes.

Sporting Box

Scanlon était l'homme à tout faire de Stockwell. Mais il l'appelait son bras droit. Scanlon s'enorgueillait de ce titre. Bien qu'en réalité le bras en question n'avait pas beaucoup de liens avec la tête. Mais Scanlon le savait aussi et il menait sa barque dans le giron de Stockwell. Ceci pour dire qu'il secondait son patron dans les coups fourrés mais qu'il s'octroyait régulièrement aussi des petits arrangements sans passer par le boss. Mais ça Stockwell le savait aussi.

Stockwell comptait sur lui pour savoir ce qui s'était passé avec Shapiro. Depuis un moment déjà, il l'avait à l'œil. Depuis le jour, en fait, où son bureau avait été vandalisé. C'était six mois plus tôt. Shapiro jugea bon à ce moment de prendre un congé sans solde et il fallut que trois semaines se passent pour qu'il remette un pied à son bureau. Il fit passer un message par la bande laissant entendre qu'il avait fallu ce temps-là pour rétablir sa relation avec sa femme… Soit ! Mais pourquoi sa femme dévasterait-elle son bureau en son absence ?

Stockwell n'aimait pas Shapiro. Ceci dit, Stockwell n'aimait personne. Mais lui, il n'avait rien d'intéressant, si ce n'est ses compétences en informatique. L'autre souci, c'est qu'il travaillait seul, il faisait travailler ses collaborateurs mais il avait seul en tête la globalité des projets développés à Sporting Box. Ce qui était bien, pourtant, c'est que Shapiro répondait toujours « OK ! » à ce que demandait Stockwell. Quel con ! C'était peut-être plausible finalement cette histoire d'épouse mal baisée vu qu'on l'avait chopé en photo, la tête entre les cuisses d'une strip-teaseuse !

Scanlon, lui, savait que non, puisque, en faisant son enquête auprès de cette même Mme Shapiro, il put constater que si elle était mal baisée par son mari, ça la poussait plutôt vers le libertinage que vers le meurtre. Et on pourrait la comprendre. Scanlon le compris très bien, en fit part à Mme Shapiro et ces deux-là prirent le temps d'en discuter et d'en rediscuter dans toutes les positions que leurs physiques respectifs pouvaient leur   permettre.

Bref, l'enquête de Scanlon s'arrêta là et personne ne saura sans doute qui eut intérêt à éliminer Shapiro. Toutefois mourir à ce moment-là, tout de même, ça frise la faute professionnelle. Une fois la finale passée, il faudra bien reprendre le développement des outils là où Shapiro l'a stoppé !

Camp d'entraînement de Batah

Goliath Vertchouk était fatigué. Fatigué comme on peut l'être après une vie dans l'armée estonienne à enseigner la discipline à de jeunes hommes qui croient que se battre c'est échanger quelques coups à la sortie des bordels des ports de la Baltique. Vertchouk avait mis au pas des centaines de recrues de l'armée et de quelques milices sur plusieurs continents et c'est bien pour cette aptitude que Léonce Bardoni l'avait embauché.

Bardoni, qui avait un réservoir de jeunes joueurs africains pensait que le problème – le risque pour lui – avec de tels éléments serait qu'ils manquent de sérieux et de rigueur dans leur apprentissage. Et de toute façon, un joueur doué n'a jamais été assuré de faire une belle carrière. Donc, ordonnait-il, d'abord, travailler sur le caractère.

Mais Vertchouk avait du mal avec ce public-là. Non pas qu'il lui résiste, mais la discipline ne prenait pas. Ils obéissaient, ils respectaient les consignes, mais tout cela s'évaporait dès le lendemain et il fallait recommencer à zéro.

Vertchouk pensait – oui, il pouvait le faire – que ces petits noirs se moquaient bien de son enseignement.

Il n'avait pas tort, car bien qu'ils sachent que le football était pour eux un projet de vie fructueux, ils pensaient pour la plupart que leur talent seul suffirait à éclabousser le monde du football.

Mais il avait la confiance de Bardoni et sans doute rendait-il aussi quelques menus services dans certains coups fourrés organisés par son patron.

Motel Bellevue

Nardo reconnut le bruit de la moto de Beppe bien avant qu'il ne fit son apparition sur le parking du motel.

Il s'était réveillé tôt et s'était installé à la terrasse pour prendre son café. D'un côté la mer, de l'autre, le petit parking de l'hôtel. Il vit donc venir à lui la bécane rutilante et son ami motard. Le casque libéra un visage souriant et visiblement ému.

Il semblait ne pas avoir changé, le Beppe, toujours cette tête d'enfant joufflu avec ces longs cheveux qui lui faisait une tête énorme en proportion de son corps.

Nardo eu juste le temps de se lever et d'écarter les bras que Beppe le souleva et le fit tournoyer autour de lui. Il était comme ça, Beppe, hors-norme. Il pleurait presque de joie d'avoir en face de lui, pouvant le toucher, son quasi-frère. Des années et des années de silence, d'absence, voulues par Nardo.

– Hola, mon Beppe, doucement, je n'ai plus la condition physique pour te repousser, tu sais...

– Tu aurais pu te préparer, depuis le temps...

– Si tu savais combien de choses j'ai laissées de côté...

Léonce Bardoni au travail

C'est vrai que ce Bembé avait un talent fou, se disait Bardoni. Surtout qu'il était capable de tout faire tout seul. C'était ça le credo de Bardoni, la force des individualités. Il savait bien qu'on ne bâtit pas une équipe avec des joueurs assemblés à quelques jours des matches importants, qu'il fallait compter plutôt sur la technique individuelle que sur la créativité à plusieurs. Mais bon, après, il fallait aussi qu'ils aient un peu de cervelle pour ne pas se voir trop beaux, et ça...

Du plomb dans la cervelle, c'était le job de Vertchouk. Évidemment, Bardoni savait aussi que ce travail-là ne payait pas avec tous les candidats retenus. Mais Bardoni croyait fermement aux dons de ce Bembé. C'est lui-même qui l'avait repéré et, bien sûr, il était sûr de ses intuitions.

L'écran de son pc émit un bip d'appel.

– Qu'est-ce qu'elle veut encore, celle-là ? dit-il en cliquant sur l'icône « téléphone » et décrochant le combiné.

– Ah ! Tout de même, tu décroches de temps en temps ?

– Qu'est-ce que tu veux ?

– Merci pour l'accueil !

– Tu as dix secondes, pas une de plus.

Sec, le Bardoni.

– OK, OK, c'est toi qui as reçu la facture de la thalasso ?

– Pardon ?

– ... mais si, tu sais, la thalasso que je vais faire en septembre...

– Pourquoi je l'aurais ?

– Mais parce que le paiement est à ton nom, voyons...

– Comment ça ? Ça sert à quoi que je te donne une carte ?

– ... mais, je t'ai dit, je ne sais plus où je l'ai mise et puis le centre me dit que ça n'a pas été payé, tu comprends ?

– ... non, je ne comprends pas, débrouille-toi avec Marcelle !

– Mais Marcelle est en congé pour deux jours, tu sais bien...

– Écoute Dora, je te file une montagne de fric pour que tu m'emmerdes pas, ensuite je te paie une « nounou » pour que tu m'emmerdes pas et tu trouves encore le moyen de venir m'emmerder avec des conneries pareilles ?

– Mais à qui veux-tu que j'en parle, sinon ?

Bardoni lui coupa le sifflet.

– A tes amants, connasse ! hurla-t-il au combiné en plein vol.

Banlieue Ouest d'Accra

Salimata Sow n'était pas née de la dernière pluie. Lorsqu'elle avait cédé aux avances de Bardoni, alors qu'il l'avait embauchée comme servante à son domicile, elle avait pesé le pour et le contre. Il était établi qu'elle était consentante et qu'elle acceptait ce que Bardoni lui donnait. Il était clair aussi que Bardoni avait d'autres chats à fouetter que de s'occuper de sexe. Salimata était « propre », discrète, sûre, qu'irait-il faire dans les bouges locaux infestés de touristes de tous poils ? Salimata, pour sa part, tirait de ces services l'assurance de faire manger sa famille. Alors un petit coup de temps à autre, ça pouvait tenir.

Soccerteam, bureaux de Paris

A son bureau du magazine Soccerteam, Jean-Paul Dusart était au téléphone avec un joueur qui lui racontait ses états d'âme suite à une blessure qu'il s'était fait à l'entraînement contre une équipe de juniors. L'info n'était pas très intéressante, mais Dusart comptait arracher quelques révélations sur ses rapports avec l'entraîneur ainsi que sur les transferts en cours.

– .. et tu en auras pour combien de temps avant de reprendre ?

– Je sais pas... le coach, il dit que j'ai pas assez fait de muscu ; il me saoule à force. J'passe mon temps à bosser tout seul avec des machines...

– Oui mais ça, mon gars, ça fait partie du boulot... Attends, j'ai un appel urgent sur l'autre ligne, je te rappelle tout à l'heure...

– Allô, Ferrand ?

– Salut mon pote, ça gaze ?

– C'est plutôt à toi de me dire, le papier était comme tu voulais, n'est-ce pas ?

– Parfait, comme d'habitude !

– Et alors... ça a bougé ?

– Pas encore, si ce n'est le Yougo de service qui est toujours en retard d'un wagon, tu le connais...

– Ouais justement, sauf qu'un jour, au lieu de t'appeler, il viendra direct me foutre une mandale dans la gueule et ça, ça mérite réflexion...

– T'inquiète ! J'le connais bien, je saurai lui parler.

– Et sinon, comment vont les affaires en ce moment, ça rentre, ça sort ?

– Calme plat avant la tempête, tu vois le topo ?

– Allons, allons, t'as bien quelques indics qui relaient l'info tout de même…

– Oui, bien sûr, mais moi, tant que c'est pas signé, je fais pas confiance !

– T'as bien raison, je compte sur toi pour me rappeler, si besoin…

– Justement, pense à moi quand tu vois Gade… Bien servi, hein, comme la dernière fois, hein ?

– OK, c'est noté, fin de semaine sûrement, allez, à plus…

Motel Bellevue

Les tasses de café se succédèrent jusqu'à finir la matinée avec un soleil qui réclamait un parasol à la petite table du Motel Bellevue. Beppe avait faim de savoir et Nardo était resté l'avare de mots qu'il avait toujours connu. Beppe laissa Nardo mener les débats. Il se retrouva donc à parler de lui-même, de son travail, de sa vie d'ours créatif. A se demander s'il n'avait pas, lui aussi, hérité d'une vie de solitaire depuis de longues années.

Il s'en voulu de prendre conscience de cette similitude en présence de Nardo, qui lui n'avait pas choisi d'aller en prison. Quoi que, en y repensant bien, à l'époque, il n'avait pas beaucoup collaboré avec ses avocats pour se sortir du guêpier où il avait été mis. Et on ne peut pas soupçonner Beppe de s'être reclus pour porter le deuil de son ami. Juste une raison supplémentaire de ne pas apprécier le monde des hommes.

Nardo avait laissé échapper quelques sourires qui étaient autant de signaux positifs sur sa façon d'appréhender son présent. Quoi qu'il en soit, ce jour était celui de la fin d'un cauchemar.

– Qu'est-ce qu'on fait maintenant ? demanda Beppe, comme s'ils avaient sept ans et qu'ils venaient de finir leurs devoirs.

– Pour l'instant, si tu veux bien, tu me ramènes à la maison.

– Et comment, si je veux ! Mais on ne mange pas un petit quelque chose avant d'y aller ?

– On a toute la journée, nous nous arrêterons sur la route...

– Adjugé ! dit-il en repoussant sa chaise de ses fesses, tu as des choses à prendre ?

– Tout est là, je n'ai rien à emporter d'où je viens.

Le sac plastique noir qu'il avait désigné du regard était blanchi par l'usure et Beppe s'en empara. Nardo alla régler sa note à l'accueil. Les quelques billets qu'il tendit à la serveuse étaient bien froissés et la jeune femme semblait hésitante. En rendant la monnaie elle se lança.

– Excusez-moi monsieur, je ne voudrais pas vous importuner mais je crois bien que c'est vous n'est-ce pas ?

Elle avait tendu à Nardo une figurine de footballeur en maillot bleu. Nardo sentit une vague monter en lui de ce passé mis entre parenthèses.

– C'était moi, oui. Vous collectionnez les vieilles images ?

– Pas moi, non, mais un jeune homme qui a grandi avec des étoiles dans les yeux, dit-elle dans un sourire.

– Je vois. Qu'est-ce que je peux faire ?

- Juste un petit mot au dos, c'est ce qui se fait, je crois…

Nardo posa son sac et saisit le stylo sur comptoir.

– Comment s'appelle-t-il ce garçon ?

– Il s'appelle Gianni et il a 14 ans mainte-nant dit-elle en haussant les sourcils.

– … le temps passe pour les enfants aussi…

– C'est vrai, et on ne sait jamais ce que la vie nous réserve…

– … et la maman s'appelle comment ?

– Edelia.

Les deux restèrent en silence un court mo-ment. Nardo tendit la figurine et remercia. Ede-lia accompagna Nardo jusqu'à la porte.

– Eh bien au revoir Edelia, dit-il en lui ser-rant la main.

– Au revoir, monsieur. Je ne pense pas que vous aurez l'occasion de repasser par ici, n'est-ce pas ?

Nardo sourit.

– Quelqu'un disait, je crois, qu'on ne sait ja-mais ce que la vie nous réserve…

Quand il ressortit, la moto vibrait sur le petit espace de parking et Beppe tendit le casque qu'il avait pensé à apporter.

– Non, merci, je préfère sentir le souffle de l'air. Peut-être cela me lavera-t-il un peu.

Casalunga

Lorsque le service du courrier fut « libéré », le facteur dû rendre son logement, accolé au bureau de poste. Le père de Nardo, retapa alors une vieille bergerie, hors du village sur une parcelle qui appartenait à son épouse. La maison bénéficiait de la proximité immédiate d'une ancienne grange qui permit, avec quelques aménagements, de créer un étage pour les chambres. Nardo y habita jusqu'au départ chez les Marangon. Ensuite la maison, inhabitée, devint le refuge solitaire de Nardo.

La petite habitation de pierre avait gardé son charme antique et à première vue, quelqu'un s'était chargé d'entretenir la végétation alentour.

La clef était toujours là, entre les pierres. Nardo la trouva en fermant les yeux. Il alla la faire tourner dans la serrure et la porte s'ouvrit sans grincer, laissant échapper un fil de fraîcheur dans cette fin d'après-midi de printemps. Puis, restant sur le pas de porte, il s'adressa à son complice :

– Je te ferai signe, Beppe, merci pour tout.

Beppe ne s'imposa pas, il salua d'un geste d'astronaute dans sa condition de motard épanoui et il fit virer sa machine dans la poussière du chemin de terre.

La grande cuisine « rustique » – comme on dit de nos jours – était doucement éclairée par la fenêtre-balcon qui donnait sur la cour arrière.

Nardo traversa la pièce pour aller l'ouvrir et une vague de chaleur s'engouffra dans la cuisine. La petite cour de terre et de rocaille s'ouvrait sur le potager. Nardo distingua quelques senteurs amies qui lui montaient au nez.

Il reconnut dans l'ordre de chaque chose la main de Concetta, sa cousine, qui tenait à ce que la maison ne perde pas sa vie et demeure comme elle l'avait connue. Déjà pendant les années où la famille s'installa chez les Marangon ou même lors des absences de Nardo, quand il était par les terrains du monde entier, elle assurait la tenue de la petite maison.

Il ne fallut pas longtemps pour que la petite silhouette sombre de Concetta fasse son apparition entre les oliviers. Nardo était assis sur une vieille chaise dans la cour et il la vit marcher en marmonnant. Il se souvint alors que son arthrite tenait compagnie à Concetta et qu'elle entretenait un dialogue constant avec sa carcasse sèche. Elle s'appliquait à poser le pied au bon endroit entre les pierres aiguisées du chemin qui longe la maison. A un moment, Concetta s'arrête et lève la tête comme pour reprendre son souffle. Son regard balaie l'espace qui l'entoure et vient lentement se poser sur Nardo. Elle reste de longues secondes entre deux eaux. Elle porte la main à son front s'interroge d'abord sur ce qu'elle voit puis ses yeux finissent par convaincre son cœur que c'est vraiment Nardo qui est là, devant elle. Après quelques gestes des bras adressés au ciel dans une sorte d'incantation désarticulée, elle se met à boiter pour courir vers lui.

Concetta ne se posait pas plus de question que ça. Son cousin Nardo était de retour et cela lui suffisait. Après l'avoir caressé longuement comme un enfant, elle s'était affairée à préparer quelque chose à manger. Ainsi Nardo vit-il sortir d'une armoire un bocal de saucisses à l'huile et des poivrons, une bouteille de vin rouge et des olives. Du sac de jute qu'elle portait sur elle, elle fit apparaître un petit pain de campagne enroulé dans une serviette à carreaux rouges et blancs. « Mon casse-croûte... » précisa-t-elle, à l'intention de son cousin.

Nardo ne lui dit pas qu'il avait déjà mangé. Ils s'attablèrent derrière la grande table en vieux bois et partagèrent une collation.

Concetta n'était pas avare quand il s'agissait de servir le vin. Ni pour quoi que ce soit d'autre, d'ailleurs – elle s'était toujours occupée des autres plus que d'elle-même depuis le jour où elle était retournée chez ses parents après le décès accidentel de son mari. Elle avait cru comprendre à ce moment-là que la chance que lui avait accordée la vie lui avait été retirée et que, dès lors, elle n'avait rien d'autre à attendre pour elle-même.

Pendant que Nardo grillait une cigarette dans le potager, Concetta prépara la chambre avec toute l'attention dont elle était capable. Dans ces moments-là, elle prenait un air sérieux qui donnait de la gravité à chacun de ses gestes.

Nardo ne souhaitant pas dîner, elle prit congé et se retira en promettant de revenir le lendemain porter des victuailles pour le petit déjeuner.

Elle partit alors que la nuit n'était pas encore tombée et regagna sa petite maison familiale à pied, à deux kilomètres de là.

Le lendemain matin, le parfum de café monta de la cuisine jusqu'à l'étage où Nardo avait trouvé le sommeil. Sûrement Concetta était-elle passée déposer de la nourriture sur son chemin pour les champs et s'était-elle préparé un café en attendant que Nardo la rejoigne peut-être. Mais Nardo dormit du sommeil du juste et le juste réclamait sa dose de quiétude. Ainsi Concetta déjeuna-t-elle seule. Elle avait sans doute – le nez de Nardo le rapporta – agrémenté son café d'une tranche de pain grillé et de quelques olives noires.

Nardo suivi le chemin du fumet jusqu'à la cuisine. La petite cafetière italienne à deux tasses était encore tiède sur la cuisinière. Nardo la saisit et la desserra prudemment puis refit le plein de café et d'eau. Le café fut mis en route. Une tasse, une cuillère que Nardo trouva comme s'il répétait des gestes de la veille ou d'il y a trente ans. Il alla attendre le sifflement de la machine dans la cour lumineuse mais encore fraîche de rosée. Les lilas embaumaient et la section de cigales était déjà au travail.

Son regard se posa sur le petit puits au fond du potager. Charpente immobile d'un passé resté figé, loin des soubresauts du monde des hommes, zébré de lacets de lierre. Au loin, pour autant qu'on puisse voir par-dessus le sommet de la colline sur la gauche de la maison, on pouvait observer des traînées d'avions dans le ciel azur. La route de l'Afrique. L' Afrique de Mariettina, peut-être : tout droit et puis à gauche après le désert. Nardo se demanda si d'ailleurs le désert n'avait pas avancé encore. Si. Sûrement.

A l'appel de la cafetière, Nardo rentra se servir et récupéra au passage le journal que Concetta avait apporté pour lui puis vint s'asseoir sur le banc, comme on lui disait toujours : la tête à l'ombre.

État des lieux

Depuis que Nardo avait quitté le football, les choses avaient bien changé. Ou, en tout cas, elles avaient continué à dériver vers des horizons de moins en moins sportifs.

C'étaient des joueurs de sa génération qui avaient commencé à mourir des suites de traitements suivis dans le cadre de leurs pratiques sportives, des entraîneurs avaient été mis en cause, des trafics de drogues et de produits illicites avaient été mis au jour. Sans parler des trafics d'influences et de matches truqués. Non, n'en parlons pas puisque à chaque fois qu'il avait été possible de chasser les responsables, ils sont restés en place, qui à la tête des clubs, qui à la tête des fédérations. Cela finit d'achever ces mêmes fédérations qui perdirent assez vite la moindre crédibilité sur le sport qu'elles étaient censées promouvoir.

Les clubs s'en passèrent. Ils formèrent une ligue mondiale des clubs, où se retrouvèrent les clubs plus riches, alors que la plupart des autres se débattaient dans les championnats nationaux disloqués par l'absence de ces gros clubs mais aussi par les interminables batailles judiciaires.

A la Ligue Mondiale, tout était tranquille : un petit groupe de clubs, des règles souples, des relations commerciales harmonieuses et des intérêts communs à défendre. Le Nouveau Monde du football était apparu, renaissant de ses cendres et retrouvant les valeurs et les vertus de ses origines.

C'est ce que disait le spot diffusé dans le monde entier lors de la création du championnat de la Ligue Mondiale. Le nouveau monde avait un nouveau nom : Super Soccer.

La plupart des clubs partenaires étaient cotés en bourse et ils voyaient se mêler dans leurs instances dirigeantes des chefs d'entreprises du pétrole, de l'alimentaire, des télécoms ou de l'armement.

Au gré des saisons et des opérations financières, on vit apparaître de nouveaux clubs, de nouveaux noms, de nouveaux propriétaires, de nouveaux investisseurs... Si bien qu'après dix ans d'existence pas un seul des anciens clubs n'avait gardé son nom ou ne serait-ce que ses couleurs. Par l'afflux des sponsors (propriétaires par ailleurs) la Ligue charriait des masses d'argent colossales qui permettaient évidemment de piller les championnats des fédérations. Ainsi les meilleurs joueurs furent-ils entraînés vers cette Ligue Mondiale.

Sauf que jouer des matches de football n'était plus leur seule occupation. Il fallait également faire des tournées, tourner des spots publicitaires, promouvoir la Ligue Mondiale, participer à des émissions de télévision ou encore des rendez-vous « événementiels ».

Rentabiliser l'investissement qu'ils représentaient pour leur société. Après tout, Maradona, Zidane, Beckham et tous les autres (parmi les meilleurs) n'avaient-ils pas fait de même ?

Oui, mais eux, ils étaient payés d'abord pour jouer, gagner des matches et remporter des titres avec leur équipe. Mais à la Ligue Mondiale, sur le plan sportif, il ne pouvait y avoir qu'un gagnant. Alors il fallait bien qu'il y ait un intérêt pour les autres.

Ce seraient donc les droits et les recettes publicitaires liés à la compétition. D'ailleurs, assez rapidement, on trouva un modus vivendi entre ceux qui voulaient participer à la distribution des parts de gâteau et ceux qui voulaient les honneurs et le respect de leurs pairs.

Ce qui était sûr avec la finale, c'est que le match ne serait pas truqué. Truqué dans le sens de « arrangé » entre les deux clubs. Cela arrivait aux tours précédents, mais la finale non. La finale c'est l'occasion des coups en douce, essayer de soudoyer tel ou tel joueur pour qu'il laisse échapper un ballon ou ralentisse sa course derrière un adversaire.

Ainsi, tout était-il possible et aucun retournement de situation ne semblerait finalement suspect.

Bardoni entreprises

Dans le bureau de Bardoni, la chaleur fait transpirer les papiers aussi bien que le corps moite du patron. Le ventilateur d'époque coloniale a beaucoup de style mais pas beaucoup d'envie de brasser l'air. Bardoni tapote son clavier d'ordinateur. Les affaires avancent conformément à ses attentes. Il a un coup prévu pour la grande occasion de la finale. Vertchouk lui a garanti que le petit Bembé, gamin de dix-sept ans, serait prêt pour exploser aux « yeux du monde du football ». Bon, Bardoni lui avait répondu que pour le coup, il s'agissait surtout de gagner ce match que d'« exploser aux yeux » de qui que ce soit. Vertchouk ne l'avait pas très bien pris, lui qui espère toujours apporter la bonne nouvelle d'une découverte fulgurante à son boss !

Bardoni empoigna son téléphone.

– …

– Allô, Vertchouk !

– Oui, patron ?

– Alors, où ça en est ?

– Tout va bien patron, pas de blessure à signaler, les garçons ont fait le job correctement, le petit match a montré de bonnes choses, un peu plus d'engagement... on sent qu'ils veulent répondre présent...

– Et ton Bembé ?

– Il a mis deux jolis buts, je vous envoie les images du résumé, vous me direz...

– C'est ça, envoie. J'ai vu avec le staff pour le transfert en Chine, tout est réglé, appelle Chuck pour te mettre au jus !

– OK, patron.

– Allez, je coupe...

Ahh ! Cet accent de Vertchouk ! Bardoni ne s'y habituait pas. Les paroles étaient justes, c'est la musique qui n'allait pas.

Casalunga

Les journées s'écoulaient tranquilles dans la solitude pour Nardo. Du soleil, le parfum de la terre, la lecture des journaux et de temps en temps, quelques balades sur la plage en bas des terres de Concetta, de l'autre côté de la route.

Nardo ne fût vu que de quelques pêcheurs, des touristes allemands en retraite et des enfants des classes de mer qui n'avaient aucune idée de l'identité de cet homme maigre et mal rasé quasi rescapé-type d'un naufrage. C'est comme ça que Nardo se vit un jour dans le regard d'un enfant qui venait chercher un ballon près de lui. L'enfant s'accroupit pour récupérer son ballon, le fixa quelques secondes puis s'enfuit en criant, laissant échapper le ballon.

La région était encore épargnée par les arrivages de boat-people d'Afrique ou d'Asie mineure mais les images circulaient partout et la police des mers était sur tous les fronts de mer.

C'était bizarre de retrouver ces lieux familiers, à peine changés, dans la peau de quelqu'un qui avait laissé échapper le cours de sa vie à un moment donné. Tout s'était accumulé en quelques mois. Nardo y avait souvent pensé pendant ces années à l'ombre. Il avait été facile de s'en prendre aux autres, à son entourage, à Mariettina, au foot… Le point commun entre tout ça, c'était… lui.

Bien sûr, il n'était pour rien dans le meurtre de son agent, ni dans la disparition de la valise de billets. Mais comment s'était-il laissé embringuer dans des histoires pareilles ? Oui, bien sûr, l'échec de sa relation avec Mariettina. Mais Mariettina n'était peut-être pas la femme qu'il lui fallait et Nardo avait accepté cette éventualité-là, désormais. Peut-être lui avait-il donné trop de place dans son équilibre personnel…

Peut-être aussi que Mariettina avait déjà cette tendance à vouloir s'occuper des autres. Mais les autres sont nombreux et c'était sa vocation. Il n'y avait plus de place que pour son travail.

« Showspot makes it real »

Le système Showspot permet de reconstituer en un endroit donné une scène qui se produit ailleurs. Cela peut paraître simple à concevoir : prenons l'exemple d'un objet qui soit filmé par une multitude de caméras simultanément. Les signaux reçus par l'ensemble des caméras sont renvoyés dans un champ donné où ils se rejoignent pour reconstituer l'image intégrale de la scène captée.

Sauf que ce ne sont pas des images projetées sur un support mais de la matière qui est mobilisée dans un espace. Une infinité de billes microscopiques qui sont utilisées pour matérialiser les objets dans un espace à trois dimensions. Le système étant géré par un calculateur central récepteur de toutes les données qui sont redistribuées au millième de seconde près au champ réceptacle.

Une révolution de la 3D qui permet de tourner autour d'un objet ou ensemble d'objets réunis en une scène. Pas encore la possibilité de se mêler à la scène et de la modifier – mais on y travaille, dit-on dans le centre de recherche FastFore.

Beppe avait connaissance des travaux initiaux du Docteur Swain sur la 3 D. Il avait même été approché par son équipe, mais il était plus intéressé par la création, par la reproduction de la réalité plutôt que sa « simple » rediffusion.

Il refusa poliment l'offre de FastFore pour travailler en indépendant à la production de logiciels vidéo et de jeux. Il intervenait à l'occasion pour des grands groupes multimédia à la sous-traitance de questions spécifiques liées aux nouvelles technologies ou, si vous préférez, au système D de pointe. Il préférait travailler seul, chez lui, bien qu'il ne profite pas beaucoup de son environnement ni familial, ni naturel pourrait-on dire. Mais il savait que tout était là, dehors, à sa place et à sa portée.

Avec la mise en application du procédé Showspot, pendant que le match se joue dans l'enceinte du stade, les spectateurs conviés à la rencontre se retrouvent dans la salle de vision qui est située au-dessous du stade. Les spectateurs peuvent observer là le déroulement du match mais également vaquer à différentes occupations : bar, restaurant, salle de jeux, strip-tease et plus si affinités de toutes sortes.

L'espace central de ce lieu est occupé par une sorte d'aquarium de 8 mètres sur 4 et d'une hauteur de 2, qui est la «reproduction exacte et instantanée» du match qui se déroule au-dessus. Des stimulateurs électriques sont installés dans chaque angle de la boîte et diffusent les ondes qui permettent la matérialisation des objets.

Ainsi les spectateurs ont-ils le loisir d'évoluer autour du «terrain», de changer de point de vue, de s'intéresser à tel ou tel autre élément de l'ensemble. Il est loin le temps où il s'agissait de s'asseoir sur des gradins, de manger son sandwich au coude à coude avec les voisins en s'agitant à chaque action d'éclat.

Finie la hola. Finis aussi les fumigènes. Finies les injures racistes, les agressions, les explosifs, les coups de couteaux et les barres à mine. Insupportable. Insupportable et sans limite. Les grilles, les stadiers, les murs, les fossés, les charges de police, les arrestations, les condamnations. Rien n'y faisait et tout était hors de prix. Et la question se posa donc un jour : de savoir quel prix on pouvait payer pour continuer ça. Ou plus prosaïquement : dans quoi était-on arrivés ? De sport, on ne parlait plus vraiment, de fait. D'enjeux commerciaux, plus. Donc le calcul était à faire : jusqu'à quelle hauteur pouvait-on accepter la chute du nombre de spectateurs, la stagnation des droits d'image, la hausse du coût de la sécurité, l'inflation de salaires. La publicité n'y suffisait plus.

Je pose mon 3, je retiens 4 et le résultat est probant : en supprimant les spectateurs des stades, la perte en tickets d'entrée est compensée par les économies en sécurité et par la libération de vastes espaces à destination d'affichage publicitaire. De tractations en renoncements, comme les diffuseurs de matchs, les franchises en arrivèrent tout bonnement à fermer parties ou la totalité des gradins au public. Ainsi, le mètre carré de linéaire de gradin de spectateur est judicieusement et avantageusement remplacé par des kilomètres carrés de plaques d'écrans à cristaux liquides. Exit les spectateurs.

Si les municipalités voulaient que la population sportive retrouve un lieu de célébration du ballon rond, elles n'avaient qu'à installer des écrans géants sur les places publiques (et payer le droit de rediffusion). Bien sûr, elles ne le firent pas, ou peu, ou au cas par cas, selon les compétitions.

De toutes façons, les clubs à l'ancienne, avec une équipe type d'un bout à l'autre d'une saison, avec des joueurs amoureux du maillot et des supporters fidèles à des joueurs et des couleurs, cela n'existait plus – rideau !

Casalunga

Nardo avait décidé de remettre en mouvement sa carcasse. Il était maigre comme un clou, comme disait Concetta et on aurait pu croire qu'une activité physique pourrait casser ces membres longs et fins. La douceur printanière l'aida à se mettre à la marche d'abord puis à un petit footing qui se transforma, jour après jour, en longues courses de sous-bois. Il avait plaisir à respirer les bonnes odeurs de sa campagne et il s'enivrait des couleurs de la végétation. Il découvrait à cette occasion un nouveau visage des endroits familiers de son enfance. Il y avait bien quelques nouveaux venus installés dans des sortes de blockhaus sans nom. Sans doute des exilés russes ou bulgares, nouveaux riches discrets.

L'ancienne demeure où avait continué à habiter Beppe avait été démolie mais pas vraiment remplacée par le programme immobilier promis par l'ancienne municipalité. Ce n'était qu'un vaste chantier clôturé, équipé de caméras et de chiens de garde faméliques.

Ce matin-là, sur la table, en plus du « Messaggero » quotidien, Nardo trouva le magazine « Football », le mensuel dont Nardo était un vieux lecteur. C'était une bonne base pour prendre connaissance de l'état du monde footballistique.

Les journalistes de ce magazine avaient la dent dure et c'est ce qui faisait le charme de ce papier. Pas de pub, pas de rumeur, pas de sexe, même pas une petite image d'un bikini quelconque. Mais des sujets prises de tête du genre : « comment attaquer sans ailier véritable ? » Avec force argumentation, bien sûr.

Nardo retrouva les signatures qu'il appréciait et il prit du plaisir à se caler dans l'ambiance du moment : la prochaine tenue de la finale de la Ligue Mondiale.

A un mois de l'événement, les compositions des équipes en lice n'étaient pas encore connues, les transferts pouvant s'effectuer jusqu'à J-15 de la finale. (« Quelle connerie ! »). On devisait plutôt sur les intentions des prétendants à la victoire en termes de plan de jeu.

Un entrefilet de « brèves » faisait allusion aux difficultés rencontrées par le diffuseur de la finale avec ses concurrents sur le marché des droits de diffusion. Le sieur Stockwell réclamait à la Ligue Mondiale des garanties. Les journalistes de « Football » pensaient pour leur part que Stockwell soupçonnais la Ligue de tenir un double langage et de négocier au black des droits sur la diffusion piratée de la finale, ou plutôt, sur la non-intervention légale sur ces piratages.

Stockwell voulait obliger la Ligue à prendre parti officiellement et clairement pour lui dans cette affaire. La Ligue, elle, continuait à dire que Stockwell avait en main un contrat et qu'il s'en contente !

Micmac bien typique du monde que Nardo avait quitté. Rien n'avait donc changé. Et les acteurs restaient les mêmes : Masters, Bardoni, Stockwell et les autres. Les chinois avaient commencé à faire leur trou, après les arabes, mais sans doute n'avaient-ils pas encore intégré le côté charnel du sport. Quoi que, question perte de chair ou perte de sens, on avait bien avancé, quand même. Tout ça ne ressemblait plus à grand-chose. Du vide sidéral des grands événements aux bastons de quartier des divisions inférieures.

Coral Bay Sun Bar

Ferrand regardait du bout du comptoir la petite brune qui venait d'entrer dans le bar quand son téléphone vibra, il le porta à son oreille.

– Ferrand ! hurla quelqu'un.

Ferrand éloigna ostensiblement son téléphone de son oreille, ce qui attira l'attention de la jeune fille.

– Moreno ?

– Putain Ferrand, c'est quoi cette histoire ?

– Quelle histoire Jimeno ?

– Putain Ferrand, j'ai entendu dire que ton Kostic de merde allait se dorer les couilles à Londres…

– Quoi ?

– Je l'ai lu sur internet, putain, ça fait trois mois que je te demande que tu me fasses une touche en Angleterre et toi tu veux y placer ton yougo de merde ?

– Jimeno, mon frère, tu connais Kostic, il se monte la tête pour un rien, tu me fais confiance ou pas ? Je suis ton agent ou quoi ?

– Mais putain, tu me fais flipper ! Je vois que ça bouge pour tout le monde et moi je suis encore là à attendre, bordel !

– Écoute Jimeno, ton heure viendra, tu as des nouvelles de Sandra ?

– Aah … Cette pute ? Me branche pas là-dessus Ferrand…

– OK, OK, je comprends mieux, écoute Jimeno, va voir pour moi Belinda à l'Hôtel Cruz Abel elle aura quelque chose pour toi.

– Et alors ?

– Je t'appelle dès que la finale sera passée, Jimeno, les choses vont se décanter pour chacun et tu auras ta part, fais-moi confiance.

– Putain, Ferrand, je suis à bout …

– .. ça va venir, Jimeno, ça va venir, encore un peu de patience, allez, j'ai du travail qui m'attend, a plus...

– Fils de pute, marmonna Jimeno en raccrochant.

Tampa

Donovan Laynee avait coupé les ponts avec sa femme et son fils Jason. Pour de mauvaises raisons bien sûr, mais il n'arrivait pas à être présent avec sa famille si ses turpitudes professionnelles lui mangeaient les restes de son cerveau. Il préférait se renfermer et viser juste. Amoindri mais expérimenté et méthodique.

Il avait commencé les footings du matin et les étirements. Pour l'instant, ça répondait bien. Les oracles de la presse misaient encore sur son courage et sa dureté au mal. Sa dernière finale de Ligue Mondiale avait été de bon niveau. Il avait tenu son équipe à bout de bras et arrêté deux tirs au but. On ne pouvait pas lui demander plus !

Son téléphone le ramena sur terre alors qu'il était dans un nuage de vapeur après son entraînement matinal. Jason le cherchait – ou plutôt

– sa mère se servait de lui pour arriver à Don... Le message laissé disait : « Papa, j'en ai assez de rester à la montagne, il n'y a rien à faire ici, je m'ennuie... quand est-ce que tu viens nous chercher ? »

Donovan respira profondément. Martha en rajoutait toujours une couche, jamais un coup de main pour alléger le poids de Donovan. Non, toujours à revendiquer, à pointer, à gratter la moindre plaie ouverte. Donovan n'avait jamais pris le temps de s'avouer que cette histoire était morte depuis longtemps. Le temps viendra, le temps viendra.

Casale Rapeno

– Beppe, tu as des nouvelles de Mariettina ?

« A y est » se dit Beppe.

– Elle devait bien arriver à un moment ou un autre cette question-là...

– C'est plutôt à toi de me dire ça, non ? avança-t-il.

Pas de réponse.

– La dernière fois que je l'ai eue au téléphone – et c'était il y a bien trois ans – elle disait t'avoir écrit souvent, repris Beppe.

– Je sais, je sais…

– Tu sais, avec la vie que je mène et puis la sienne, les chances de se croiser sont rares…

– Je sais… je sais… j'ai payé pour savoir.

– Ouais, pardon…

– Bah, c'est de l'histoire ancienne, Mariettina…

– La preuve…

– Tu sais, on a le temps de réfléchir, à l'ombre.

– Ben, justement, c'est ça que je crains avec toi.

Nardo éclata d'un rire inattendu.

– On m'a toujours pris pour un intellectuel, parce que je suis de peu de paroles et ça a pu me servir par moment, mais tu sais, le foot ça ne se réfléchit pas. Au contraire, toi, justement, homme d'image que tu es, tu devrais savoir que le geste du footballeur, sa vision, c'est la capture de l'instant, l'anticipation.

– Bah ouais, c'est bien ce que je dis : sans cerveau, tu ferais comment ?

Soccerteam, bureaux de Paris

Dusart était vanné. Son bureau ne ressemblait plus à rien dans cette fin d'après-midi moite. Sur son portable perso, plusieurs appels sans messages laissés : « Maison », « Polican », « Gade »... Ah ! Gade... Il lança l'appel. On décrocha.

– La la, la la, Samba do Brasil...

– ...

– Oh ! Le Duc des arts !

– Salut Gade, ça boume ?

– Boum, boum, boum !

– Je vois que t'es déjà sur un bon tempo...

– Y a pas d'heure pour faire la fête, tu m'as cherché, mon chéri ?

– Ouais, j'ai de la demande pour samedi soir, même compo qu'il y a quinze jours, tu te rappelles ?

– Ouiii ! Nickel, nique lui, nique tout le monde...

– T'as de quoi assurer ?

– Même compo comme tu dis, plus Fabiola qui voudrait bien connaître les célébrités du sport de futebol ...

– T'es sûre ?

– Je suis très sûre de ce qu'elle a comme arguments en tous cas…

– Bah pour ce qui est des sportifs, ils sont en préparation, les meilleurs, les autres, c'est des petits poissons…

– C'est bon quand même les petits poissons ! Pour se faire la main, pour entrer dans le cercle, agrandir la ronde du ballon rond…

– Écoute, pour cette fois on va faire sans, après la finale on fera du placement pour ces dames, je te dirai qui aura besoin de quoi, t'inquiète…

– Je m'inquiète pas mon chéri, je m'en remets totalement à toi, tu me rappelles quand tu veux.

– OK, à plus !

– Bisous mon chéri…

Casalunga

Le « Messaggero » gisait au sol, dépouillé qu'il avait été de son supplément « sports ». Les sourcils de Nardo étaient froncés depuis un petit moment. Il leva les yeux de son journal, le regard interrogateur.

– Beppe, c'est quoi cette histoire de détour-
nement de signal ?

Beppe venait de cracher sur le chiffon desti-
né à effacer les marques sur le garde-boue de sa
moto.

– L'affaire Stockwell, tu veux dire ?

– Je ne sais pas...

– Ouais...

Beppe vint s'asseoir à côté de Nardo sur la
petite marche en pierre.

– ... des sociétés de diffusion sur le web
veulent proposer la finale de Ligue Mondiale en
piratant le signal original...

– ... c'est possible ?

– C'est faisable en tout cas. C'est interdit
mais avec les retombées publicitaires, ça se cal-
cule ...

– ... et qui est derrière ces sociétés ?

– On n'en sait rien, comment savoir ? On
n'arrive pas à les localiser... c'est un peu comme
les rave parties de l'époque : on savait au dernier moment où ça se passait et tout le monde
rappliquait. Quand c'est commencé, c'est trop
tard !

– À quoi ça sert alors de porter plainte contre
eux ?

– Bonne question. De un, ça cherche à faire jurisprudence : s'il ne faisait rien, ce serait comme céder officiellement et gratuitement les droits. De deux : en brandissant cette menace, Stockwell peut ensuite proposer un rapprochement avec une contrepartie financière et montrer, in fine, qu'il règne sur le monopole de diffusion.

– ... et de trois ?

– ... de trois c'est que Stockwell a les foies et il cherche à attirer l'attention sur ce problème-là, sur lequel il ne peut, en réalité, pas grand-chose, puisque c'est une question légale.

– ... mais...

– ... mais en réalité, le vrai problème serait dans les services techniques de Stockwell.

– Quel problème ?

– Il y a quinze jours, un des développeurs de son équipe a été retrouvé flottant dans sa piscine.

– Et il ne savait pas nager...

– ... et il ne savait pas nager.

– Résultat des courses ?

– Le test du système qui s'est tenu deux jours après la mort de Shapiro s'est révélé concluant sauf que Shapiro avait emporté dans son maillot de bain une partie des données de configuration du système, ce qui signifie qu'en réalité, le système qui a été testé était vraisemblablement un clone de l'ancien.

– Et ce clone-là, qu'est-ce qu'il risque ?

– Il risque de ne pas supporter l'accroissement des données diffusées et de ralentir l'image, ce qui était la destination du dernier-né des systèmes.

– Et ?

– Et les contrats étant pour la plupart déjà signés, ils ne peuvent plus revenir en arrière pour alléger le tout.

– Concrètement, il se passe quoi ?

– Le système n'est pas stable à 100 %. Qui veut dire que tout peut arriver, y compris se retrouver avec la mire. Et dans ce cas, tout et tous s'écroulent.

– C'est géant ça ! Tous ensemble… de quoi donner envie…

Flash-back

Gaston Bauer était l'amant de Scarpetta lorsque celui-ci avait mis le grappin sur Nardo. Ce même Nardo avait accepté la proposition sur le simple motif que Scarpetta n'était pas, à l'époque, introduit dans le milieu du football, mais plutôt dans la culture et collectionneur d'œuvres d'art à ses heures. C'est vrai que, pour le coup, ça le changeait des requins qui le suivaient à la trace depuis la disparition de Morelli.

Scarpetta était un touche-à-tout qui était dans trop de projets à la fois. Bauer se sentait constamment trahi soit avec d'autres partenaires, soit par tel ou tel événement, telle rencontre, telle lubie nouvelle de son amant. Il était toujours sur le qui-vive, rongé par la jalousie.

Il trouvait évidemment que Nardo prenait trop de place aux yeux de Scarpetta. A juste titre car Scarpetta considérait Nardo comme un artiste, un créateur, qu'il fallait protéger et tenir à l'écart des tumultes du foot-business. Et ça convenait parfaitement à Nardo.

Lorsque Scarpetta fut éliminé, Bauer se retrouva à la tête d'un joli magot dont il profita allègrement. On n'entendit jamais plus parler de la valise de Scarpetta. Sans doute la condamnation de Nardo avait-elle réglé bien des contentieux.

Tiptop Palace, Paris

Dans la suite 124, les corps s'entremêlaient à rythme saccadé. Une quasi-épreuve sportive pour des adeptes de sexe tarifé et non. Difficile de s'y retrouver entre ceux et celles qui payaient de leur personne, ceux qui s'offraient aux célébrités du moment et ceux qui en voulaient pour leur argent. Bref, chacun avait de bonnes raisons d'être là. Et ça formait une petite communauté d'habitués, jeunes femmes peu farouches ou prostituées de haut vol, hommes d'affaires ou politiques, journalistes et autres sportifs.

C'est l'ancienne sprinteuse brésilienne Gade Oliveira qui avait ouvert la voie avec les rendez-vous d'après-match qu'elle organisait chez elle. A l'époque où elle courait, d'ailleurs, elle était encore « sprinteur », c'est à la fin de sa carrière qu'elle opta pour le changement.

Lorsque sa fonction d'entremetteuse devint une profession à part entière, elle sépara les affaires privées des affaires publiques.

Elle organisait donc des soirées « professionnelles » dans la suite Tiptop qui lui était réservée en permanence.

C'est elle qui gérait les invitations, arguant de ses compétences de « public-relations » et des intérêts qu'on voulait bien placer entre ses mains.

Elle avait voulu devenir agent de joueur à une époque, mais on lui fit comprendre amicalement que son style disons « olé-olé » ne passerait pas toujours avec certains intermédiaires, publiquement en tout cas, car en privé, elle savait comment argumenter avec toute sorte de personnage. Elle avait un carnet d'adresses assez consistant et qui lui assurait une certaine tranquillité dans les affaires qu'elle pouvait avoir à traiter.

Ainsi donc, dans la suite Tiptop se concrétisèrent certains transferts de joueurs, entre agents en slip et présidents de club en bas résille.

« Et alors ? Ça dérange qui ? » dirait-elle.

Ça allait et venait dans la suite. Ce soir-là Zoltan Kostic avait été invité à calmer son trop plein de tensions par son agent Ferrand fils, qui avait fait le déplacement. Ursula Stout l'avait bien en main et Ferrand lui avait laissé entendre qu'il avait quelques touches du côté de la Californie. Dusart, quant à lui, évacuait ses soucis domestiques à grand coups de reins.

Casalunga

Il était encore tôt quand le téléphone sonna. Mais il sonna et c'était une bonne nouvelle, vu que Concetta avait réactivé la ligne depuis deux jours déjà.

– Nardo ?

Le cœur de Nardo s'était soulevé.

– Mari ?

– Oui... Comment vas-tu Nardo ?

– Attends... je me remets à l'endroit... Dis-moi, toi, Mari...

– Ça va, ça va. Rien de neuf sous le soleil... tu es sorti enfin !

– Tu vois !

Elle sourit.

– Je vois, oui, en tout cas j'imagine un autre Nardo que celui que j'ai vu partir, tête dans les épaules et menottes aux poignets.

– Oh, tu dois avoir une bonne mémoire, alors ...

– Pour ça, ça va, toi, tu ne m'as pas beaucoup aidée à garder le contact !

– Garder le contact. Un boulet de plus à tes poignets à toi, pour le coup... Qu'est-ce que ça t'aurais apporté de recevoir une lettre de temps en temps ?

– Nardo Marachini, putain, tu n'as pas changé ! La vie est précieuse, Nardo, tu as toujours cette tête de mule ! Tu croyais quoi ? Que je ne pensais pas pendant tout ce temps à cet imbécile qui s'est laissé emporter sans bouger un doigt, qui s'est laissé tomber ?

Elle non plus n'avait pas changé.

– Mari, tu crois que ma seule parole aurait suffi à m'innocenter ?

– Lutter au moins !

– Mari ?

– Quoi ?

– Tu sais, Mari, c'est ta force de ne jamais lâcher prise, mais là, lutter contre qui ?

– Ah, Nardo ... on ne va pas commencer à se disputer déjà... ouf !

– Tu as raison. Parle-moi de toi alors...

Pareil. Comme avant. Nardo laissait passer l'orage, esquivait et relançait la discussion sur Mariettina.

Casale Rapeno

Nardo s'invitait régulièrement chez Beppe, dans sa maison de Casale Rapeno, le village voisin de Casalunga et Beppe voyait ça avec plaisir. Nardo connaissait peu cette maison que Beppe avait achetée quelques années plus tôt, lorsque la maison familiale des Marangon avait fait l'objet d'un rachat par la mairie dans le cadre d'un projet immobilier, qui n'avait jamais vu le jour, par ailleurs.

Nardo apportait les couverts pendant que Beppe s'attelait à la découpe du rôti.

– Bè, tu suis encore un peu le foot ?

– Bah, tu sais, ça ressemble plus à grand-chose, c'est un jeu vidéo comme un autre, en fin de compte…

– Mais, ça joue quand même, non ?

– C'est pas ce qui me vient à l'esprit en premier… en tous cas, ça rapporte du pognon, à quelques-uns.

– Plus de dinosaures ?

– Trois ou quatre, les gueules cassées. Ceux de maintenant tu ne les distinguerais pas les uns des autres, ils ont tous les mêmes physiques. Au milieu de ceux-là, l'ancêtre, Laynee, fait figure de sorcier vaudou.

– Laynee... ça me fait plaisir. S'il doit en rester un, c'est bien que ce soit lui. Il en a tellement bavé, et avec une telle constance...

Le petit vin qu'avait dégotté Beppe mettait une belle lumière dans les yeux des deux garçons. Accoudés face à face à la grande table en bois de la cuisine, il était encore temps de refaire le monde. Se remettre à l'ouvrage.

– Beppe, c'est possible de trafiquer les images diffusées par Stockwell ?

– Bah, les trafiquer, c'est chiant. C'est mieux de les éliminer et de les remplacer par d'autres...

– Tu veux dire que c'est possible de prendre la place du diffuseur ?

– Bah, c'est pas donné à tout le monde de le faire, mais bon, on doit être quelques-uns à pouvoir le faire...

Un court silence s'installa, rythmé par les mouvements de mâchoire des deux.

C'est Nardo qui opta pour une relance :

– Beppe, tu veux dire qu'on pourrait remplacer intégralement la diffusion d'un match ?

– On pourrait... on pourrait... disons que c'est techniquement possible.

– Mais, on pourrait mettre un coup de pied à la fourmilière alors?

– Bah, je ne sais pas ce que tu veux dire, mais je trouve le geste très beau !

– Je veux dire : faisons sauter le rendez-vous mondial du football et la montagne de fric qui va avec ! Non ?

Nardo semblait sérieux

– Putain, Nardo, de quoi tu parles ?

– On va braquer la Ligue Mondiale !

– Euh, je vois pas trop de quoi tu parles, là…

– On va faire sauter le rendez-vous de ces messieurs...

– Go ! Go ! Go !

Beppe avait bondi de sa chaise et partait chercher la petite sœur de la bouteille de vin. Ça y est, Nardo était de retour ! Il venait de voir ça dans le regard pétillant de Nardo. Il n'avait pas très bien compris où il voulait en venir, mais il savait qu'il l'accompagnerait n'importe où il voudrait aller !

Revenu de la cuisine, calé entre les coussins du canapé, verre à la main, Beppe attendait la suite...

– Beppe, nous allons jouer la finale ! Nous allons diffuser nos propres images d'un match qui ne sera plus celui qui se jouera mais celui que nous déciderons de diffuser...

Tu m'arrêtes si je dis des conneries...

– Ou pas...

– Attends, attends...

Voilà, on laisse le match se jouer, pépère comme il se doit et après, on prend la main et on décide de la suite. Par exemple, on intervient après, je sais pas, la trentième minute en se fixant comme objectif de tenir la diffusion jusqu'à la mi-temps. Qu'en penses-tu ?

– Je sais pas, j'attends la suite, de toute façon, les données étant mises à jour, il est possible d'intervenir sur le match comme dans un jeu de rôle quelconque en temps réel... quand on veut, ça veut dire, pardon...

– Yes ! Comment on s'y prend ?

– Bah, on enregistre les images des premières minutes. Elles permettent de fixer les caractéristiques de tous les participants et les éléments extérieurs au jeu. Après, comme je te disais, c'est comme un jeu classique, ça joue ! On copie à part les inserts publicitaires que la chaîne balance au mixage. On mélange le tout et on s'infiltre sur le réseau, c'est pas super

compliqué de désactiver le signal de l'émet-
teur...

– Nickel ! approuva Nardo.

– Mais pourquoi jusqu'à la mi-temps ?

– Ce sera le temps que je laisserai à Stockwell pour racheter sa diffusion ...

– Putain, Nardo ! Racheter sa diffusion ?

– Nous lui rendrons son réseau en échange
de, disons ... 10 millions de dollars.

– Une paille, au prix de la bande-annonce !

Ça cogite à toute allure dans les deux cerveaux, Nardo attend son complice.

– Nardo ?

– Ouais ?

– Moi, je trouve que sur ce coup-là, Stockwell
s'en tire pas trop mal...

– Tu trouves ?

– Bah ouais, en plus personne ne saura ce
qu'il aura été obligé de faire. Non, il faudrait lui
foutre la honte en Mondiovision.

– Ah, enfin ! Tu te réveilles ? Un coup de pied
à la fourmilière je t'avais dit, Beppe ! Bien sûr
qu'on va pas le laisser comme ça ! Et pourquoi
devrait-il être seul à morfler ? Non mon Beppe,
on va simplement foutre en l'air la diffusion et
même pas le match... que le match se joue !

Pour qu'il ne soit pas rejoué sous un quelconque prétexte, mais que la diffusion saute...

Attends, je réfléchis en même temps... Tout ce qu'on aura à faire, c'est d'intervenir en fin de match pour donner à voir un résultat différent du résultat réel. Comme ça tous les paris seront payés, et évidemment, ceux qui auront encaissé l'argent ne voudront jamais le rendre !

– ... mais ...

– Attends, attends...

Nardo marchait de long en large dans la cuisine, suivant le fil de ses idées.

– il y aura deux champions : celui du match réel et celui, l'autre, du match faussé mais entériné par les caisses !

– Putain, le bordel que ça va mettre !

– Je t'avoue qu'à ce point, je sais pas trop par quel bout prendre les choses, comment on s'organise Beppe ?

– Tu veux dire qu'on se fait un plan de bataille ?

– Je veux dire surtout que tout ce qui est technique, c'est toi le patron, je n'y connais rien, moi. Je ne sais même pas comment on pourrait joindre Stockwell, le moment venu...

– C'est ça, en fait, il faut qu'on liste tout ce qu'il y a à faire...

Une ombre à la fenêtre.

– Tiens Concetta ! Viens, on a un truc à te raconter...

– Qu'est-ce que vous avez tous les deux, vous êtes ivres ?

Beppe l'avait prise par le bras et menée jusqu'à la table où il la fit s'asseoir.

– Écoute ça, Nardo vient d'avoir une idée marrante. Il veut foutre en l'air la finale de la Ligue Mondiale.

– Mon Dieu, Nardo, qu'est-ce que tu as encore imaginé ?

Nardo avait son petit air gai de celui qui a trouvé une blague à faire à ses copains. Un petit air qui plaisait bien à Concetta.

– On s'est dit que la finale serait sûrement truquée et que tant qu'à faire, on pourrait en rajouter une couche en trompant les truqueurs.

– Nardo, assieds-toi. Je ne comprends rien à tout ça. Veux-tu bien me parler clairement ?

– Concetta, tu sais bien que le monde du foot est un monde de canailles et qu'il ne s'agit plus que d'affaires de gros sous ?

– Jusque-là, ça va...

– On se dit que cette finale sera truquée et nous, on pense, avec nos petits cerveaux et nos petits bras, qu'on peut truquer le match truqué!

–Truquer le match, vous ?

– Bah, oui ?

– Et vous allez vous y prendre comment ?

– Là, c'est encore un peu compliqué, mais on t'en reparlera par la suite…

– C'est ça, si vous vous en souvenez encore, dit-elle en se servant un verre de vin.

Ils trinquèrent tous trois et Concetta se rassura quand elle apprit que tout « ça » se ferait à partir de la maison de Beppe. Elle estima que les deux garçons ne devraient pas courir un grand danger si loin de la   finale.

Le jour suivant, Nardo arriva au moment où Beppe allait prendre son petit déjeuner.

– Oh Nardo, tu as la tête de celui qui n'a pas dormi !

– .. dit le gros ours qui se shootait au café noir…

– … ah, moi j'ai avancé un peu sur le projet du petit bridé, je peux pas l'envoyer paître à chaque fois, tout de même.

– Je vois, je vois… je vais chercher une tasse…

Nardo revint la tasse fumant s'asseoir sur le petit banc à côté de Beppe.

– Beppe, j'ai commencé à faire une check-list.

– Vas-y, lis-la-moi.

– OK : le numéro de téléphone de Stock-well...

– Ouais...

– Un compte en banque...

– Ouais...

– L'interruption de la diffusion...

– ... et sa substitution

– Oui, la gestion de la fin de match..

– Ouais...

– Putain, je crois bien que c'est tout...

– Ouais, on dirait...

Pour le remplacement de la diffusion, il faudra que tu mettes la main à la pâte, nous jouerons chacun avec une équipe. Il va falloir que tu te remettes à la manette, mon gars !

– Plus facile qu'avec les pieds, je crois, dit Nardo en passant le bras autour du cou de son complice.

– Je te propose de m'occuper du coup de fil, tu peux t'occuper du reste non ?

– Bah ouais... j'vais reprendre ça tranquillement, dans l'ordre...

Nardo pouffa, « j'vais reprendre ça tranquillement », ça voulait dire, à 10 ans, « on verra ça plus tard ».

– Oh, ça te dirait un petit décrassage sur la plage ?

– Ah, la plage… ça me suffit de savoir qu'elle est là, au bout de ce rocher, celui aux marques de rouille…

– Allez, sort ton short et laisse tomber ton petit jaune !

– OK, OK, je finis ma tasse tout de même !

Mondovision

Une fin de non-recevoir. On peut appeler ça comme ça. La Ligue Mondiale avait renvoyé Stockwell dans ses buts en lui rappelant que des contrats étaient signés, qu'il avait la responsabilité de la diffusion de la finale, du respect des conventions signées avec le pool des sponsors officiels dûment agréés par la Ligue et de la gestion du procédé Showspot pour ce match. Bim !

Tout seul, le gars Stockwell ! Pas le droit d'avoir des doutes ou des défaillances, il ne trouverait aucune oreille attentive à son cas.

Le mail était resté figé à l'écran de son pc et Scanlon qui était à deux mètres sur un autre poste avait d'autres chats à fouetter.

Tout ce petit monde s'agitait, mais tout était déjà cadré. Les frères Fraser s'étaient fait une raison : sachant qu'ils n'obtiendraient rien à moindre frais par la Ligue, ils optèrent pour le plan B qui était : passer par Scanlon. Ils combinèrent avec lui un intéressement sur la prise de vue et le zoom sur les signes Catwalk pendant la finale. C'était peu, pas très flatteur, mais ça permettrait de garder la tête hors de l'eau en attendant les prochaines échéances sportives.

Casalunga

Depuis qu'il était rentré, Nardo n'était pas encore allé au village. Sa première visite devait être pour Nonno Milio. Il le trouverait bien sûr assis au Bar des Sports, sur la place centrale du village, entre l'église et la mairie, où il trônait depuis des années. Enfin, « trônait » n'était peut-être plus le terme adapté, car il était petit, derrière de grosses lunettes et un chapeau blanc à larges bords.

Quand Nardo arriva sur la place, il posa sa bicyclette contre un arbre centenaire et pointa son nez vers la terrasse où la table du Nonno faisait office de check-point.

Le Nonno leva sa canne. « Vu !» semblait-il dire. Nardo s'approcha lentement, savourant l'image de ce petit homme concentré d'humanité et de science. Il l'avait accompagné dans ses premiers pas au ballon, lui, « manager–homme à tout faire » de la fameuse équipe du bar de l'époque.

- Dans mes bras mon garçon !

Le Nonno fit voltiger sa canne. Nardo s'agenouilla près de la chaise du vieux et ils pleurèrent ensemble quelques longs moments. Quand ils se détachèrent, ils furent accueillis par les applaudissements de l'assistance, les habitués du bar qui s'étaient rassemblés autour d'eux.

Tous savaient que Nardo était de retour, la nouvelle avait circulé de bouche à oreille depuis longtemps déjà. Mais comme toujours, le respect faisait partie du quotidien du petit village, et pour cause : la moyenne d'âge des habitants permettait bien que cette notion existe encore.

Les bières se succédèrent à un rythme soutenu et le récit des heures de gloire du petit du village refirent surface après des années de silence entendu.

Les langues se déliaient, les mains même osaient toucher ce corps familier qui n'avait pourtant jamais apprécié les bonnes tapes dans le dos des paysans du coin.

Quand le Nonno dut être raccompagné chez lui, le petit groupe essaima et Nardo enfourcha sa bicyclette, lourd des marques d'amitié qui lui avaient été prodiguées par les villageois.

Réseau banlieue, Paris

Jérémie Cardon tapotait son Smartphone dernier cri dans le train qui l'emmenait de sa banlieue à Paris. Il avait promis qu'il serait à l'heure pour le rendez-vous des Voodoo Fighters au match de championnat de district. Il ne fallait pas rater la distribution de matériel, les autres étaient trop bien équipés et la précédente rencontre avait laissé trop de camarades sur le pavé pour pouvoir se louper sur ce match-là.

Mais ce qui occupait Jérémie, pour l'heure, c'était la petite blonde en jean qui était assise trois rangées plus loin.

En cherchant dans « voisinage réseaux » il tomba sur ce qui devait être le numéro de la blonde en question. Cette fois, la chance était de son côté, elle n'irait sûrement pas vérifier d'où viendrait l'appel et elle décrocherait direct. Il se lança. Cliqua sur le numéro. La sonnerie retentit. La jeune femme sortit le téléphone de son sac et décrocha.

– Allô ?

– Allô, mademoiselle ?

– ... qui est à l'appareil ?

– Un admirateur qui voudrait vous rencontrer.

– D'où vous me connaissez ?

– Je vous vois souvent sur le quai...

La fille se regarda autour, ses yeux glissèrent sur Jérémie sans s'arrêter.

Jérémie portait son habituel jogging de jour de match avec cagoule à casquette intégrée. Pas de signe distinctif, rien d'ostentatoire à ce stade de son parcours vers la rencontre de foot.

La jeune blonde avait raccroché mais elle se leva pour changer de wagon. Jérémie la suivit des yeux. Il se doutait bien qu'elle ferait quelque chose de différent des autres fois où il l'avait vue dans ce train.

Sûrement qu'une petite comme ça, elle devait avoir un rencart avec une copine pour aller au cinéma. Sûrement que c'était une étudiante en socio ou psycho ou quelque chose de ce genre... Jérémie aimait bien les étudiantes. Il aimait bien les entendre supplier lorsqu'il les prenait par les cheveux à la façon « V-Fighters ». Celle-là, comme les autres, passerait à la casserole de force.

Le train entrait en gare, la jeune femme était prête à ouvrir la porte, Jérémie était arrivé à sa hauteur, juste une vieille dame entre elle et lui. Le train stoppa, l'inconnue ouvrit et descendit la première, visiblement tendue. Jérémie laissa descendre deux personnes avant lui, surveillant la blonde.

Elle ne courut pas, juste un pas vif et haché, Jérémie, lui, se glissait entre les courants de voyageurs qui allaient ou de ceux qui venaient, l'œil rivé sur sa proie. Ils descendirent les marches menant jusqu'aux stations de bus. C'est quelques mètres plus avant que Jérémie avait pour habitude de porter l'estocade, après le kiosque, les toilettes, le local poubelle. Plus personne à ce moment-là à cet endroit-là.

Juste avant de tourner en direction des toilettes Jérémie entendit un pas de course.

– Putain ! cria-t-il et il se mit à courir.

– Putain !

Cette fois-ci, il faillit s'étrangler sous le choc du bras du molosse qui lui barra la route. Deux autres gars surgirent au même instant pour le ceinturer. Clic-clac ! Les menottes scintillèrent dans la pénombre du couloir.

– Police mon garçon ! T'avais une envie pressante ou quoi ?

– Qu'est-ce qui vous prend ? J'ai rien fait...

– Très juste, tu n'as rien fait... cette fois-ci. Allez ! On y va, par ici.

– Mais qu'est-ce qui se passe ici, vous êtes malades !

Jérémie se débattait mais les deux bonhommes qui le tenaient ne bougeaient pas d'un poil.

– J'ai le droit de savoir ce que vous faites, putain, hurlait maintenant Jérémie, alors qu'on l'emmenait.

L'homme à sa droite s'arrêta, à bout de patience :

– Patron, on ne mérite pas qu'il nous casse les couilles jusqu'au poste, vous ne voulez pas lui dire ?

Celui qui devait être le chef resta immobile, respira un coup et enfin lâcha :

– Monsieur Cardon Jérémie, membre du groupe dissous Voodoo Fighters, vous êtes soupçonné du viol de deux femmes en février dernier dans l'enceinte souterraine de cette même gare.

– Quoi ? Mais c'est...

Le gars de gauche, plus manuel que celui de droite, lui mit une claque qui lui fit ravaler pour un moment ses interrogations.

Le chef se tourna vers le gars de droite.

– OK, OK, dit celui-ci.

Et tout le monde se mit en marche en direction de la voiture banalisée dans laquelle patientait la jeune collègue blonde des trois policiers.

Casalunga

Mariettina n'avait pas apprécié la tournure qu'avait pris son coup de fil à Nardo. Et en même temps, elle l'avait retrouvé tel qu'elle le connaissait. Bon, c'est pour ça, aussi que ça n'avait plus trop collé entre eux. Elle l'aurait voulu plus ceci, moins cela... et Nardo ne comprenait pas.

Elle le rappela, donc, sachant que lui ne le ferait pas. En effet, pourquoi rappeler, puisque c'était fini entre eux, que c'était son choix à elle et qu'elle n'en avait pas changé, qu'est-ce qu'elle voulait ? Rester amis ? Nardo n'avait pas besoin d'amis.

– Nardo, tu dors ?

– Non, je regarde la télé.

– Super, je ne te dérange pas ?

– Non, non...

– Tu n'as pas l'air très heureux de m'entendre...

– Mari...

– OK, OK, je venais juste prendre des nouvelles...

– Bah, écoute, rien à signaler de particulier... je reprends des habitudes de solitaire que j'étais, je bouquine, je prends l'air, le soleil, je mange, je bois un peu, je fume beaucoup, je vois passer Concetta régulièrement et de temps en temps je vois Beppe... Qu'est-ce qu'il me manque ?

– Tu as des projets, des envies ?

– Pour quoi faire ?

– …

– …

– Bon, et bien puisque tout va bien, je vais te laisser… Je peux te rappeler sans que ça te dérange ?

– Tu m'appelles quand tu veux Mari, je t'embrasse.

– Moi aussi, Nardo, à bientôt.

Il fallait que Nardo se force à conclure ce genre d'échange car ça pouvait facilement tourner au vinaigre. De toute façon, que pouvait-il espérer de Mariettina ? C'était fini et trop de choses s'étaient passées pour pouvoir simplement revenir en arrière. Il faudrait accepter son point de vue : qu'elle tienne encore à lui et pas plus.

Hôtel Balmont, New York

Bodo Sparver l'avait mauvaise. Au vu de ses stats sur les derniers mois, il avait sa place dans la finale de la Ligue Mondiale, peu importe avec qui. Ouais, de ce côté-là, ça pouvait aller mais question physique ça craignait. Depuis que la veille il s'était retrouvé comme un con, sa bite à la main. Il en avait pourtant fait des trucs avec son joujou ! Mais voilà, il avait entrepris avec Jamie Starkey une petite starlette de Brooklyn qu'ils avaient emmenée dans une suite New-yorkaise et la petite avait donné le meilleur d'elle-même. Nos deux compères, en voulant faire vite et bien, en long et en large, réali-sèrent des figures sophistiquées si bien que l'un des deux en glissant de la table sur laquelle il était monté tomba sur Bodo qui ripa mécham-ment alors qu'il finissait son travail à l'intérieur de la demoiselle. Le coup partit de travers, son outil alla s'embouter en dehors de son logement premier et blessa la demoiselle par la même oc-casion. Tout le monde cria en même temps sous les différentes douleurs déclarées. Chacun se retourna vers soi-même pour constater les dé-gâts. On en resta là pour la partie de jambes en l'air et on se quitta bons amis.

Le lendemain matin, en allant aux toilettes, Bodo se mit à trembler d'un coup. Il venait de voir dans la glace son membre devenu énorme et noir !

Il n'avait pourtant pas mal mais quoi ? Qu'est-ce que c'était que ce truc ? Bah si, finalement, il avait un peu mal. Enfin, pas mal, vraiment, mais une sensation bizarre. Putain, que faire ?

En sortant de sa chambre Bodo marchait de travers. Il sentait bien que ça ne passerait pas inaperçu mais surtout il fallait voir le doc pour qu'il puisse lui trouver un plan pour l'entraînement du lendemain.

Le doc lui rit au nez lorsque il eut l'objet en main. Ce n'était qu'un vaisseau ou deux qui avaient sans doute éclaté. Rien de grave ni de compromettant pour une carrière de footeux. A en croire le prof, il s'agirait même d'un joli trophée sous ces aspects vermillons.

Quoi qu'il en soit, à quinze jours de la finale, c'était jouable.

Billion Air Hotel, Londres

A la sortie de la dernière réunion du Pool qu'il présidait, Amedeo Gorini avait le sourire. Il pouvait être fier de lui. Tout était en ordre à quelques jours de la finale. Les contrats signés, les partenaires avaient pris leurs dispositions quant aux produits et signes à présenter au public. Oui, il pouvait et il le montrait à qui voulait bien le croire.

Intérieurement, il ne savait pas trop comment gérer la question des diffusions pirates. Officiellement cet argument n'existait pas. Tout ce qui était « hors conventions » n'existait pas. Sauf que ça laissait des espaces sauvages dans le tableau de ce business censé être auto-régulé par les différents partenaires. En réalité, tout le monde ne jouait pas le jeu. Mais qui ? Si la diffusion était piratée à grande échelle, de manière consistante et organisée, cela voudrait dire qu'un front s'ouvrirait dans le champ policé des relations annonceurs-diffuseurs. Un front sur lequel, de fait, il n'aurait pas la main.

Son salut, pensait-il, tenait au fait qu'il aurait dans un premier temps la loi pour lui et qu'ensuite si cela tournait mal il pourrait toujours passer la main, le devoir accompli, et laissant les patates chaudes à de fringants successeurs.

Alors qu'il envisageait tout cela en serrant les mains de ses ouailles, il observa que Cameron Jones attendait ostensiblement de se retrouver seul avec lui, appuyé au mur soyeux du couloir de l'Hôtel Billion Air.

Dernière main serrée avec tape sur l'épaule en prime, Gorini lança un regard interrogateur à son vis-à-vis.

– Cameron ?

– Je peux te parler deux minutes, Deo ?

– Tu veux venir dans ma suite ?

– Ce sera plus discret, je pense, oui.

– Allons ... fit Gorini d'un geste du bras.

Les deux montèrent dans l'ascenseur qui s'offrait à eux.

– Toujours ton tailleur de Zurich, Cam ?

– Que Dieu lui prête vie !

– Il reste hermétique à toute influence, hein ?

– C'est sa façon d'exister...

– Suis-moi...

Quelques pas dans le couloir et Gorini agita son passe devant la serrure de la Suite Présidentielle qui fit son clic de bienvenue.

– Viens, mets-toi à l'aise dans le canapé, je fais un peu de lumière.

Sitôt fait.

– Une coupe de plus ?

– Non, merci.

Gorini se servit une coupe de champagne, vint s'installer à côté de Jones et lui tapa sur le genou :

– Alors, je t'écoute …

– Deo, tu n'es pas sans savoir que certains sites internet invoquent la possibilité de diffuser la finale…

– Je ne suis pas sans… comme tu dis.

– Tu sais aussi que d'autres, sans l'affirmer officiellement sont décidés d'ores et déjà à le faire ?

– Tu as des contacts ?

Gorini, qui était resté le regard fixé sur le tableau du mur d'en face se tourna ostensiblement vers son interlocuteur.

– J'ai eu des touches, oui…

– De la part de …

– Va savoir !

– Cam, tu connais ma position, tu connais la situation, qu'est-ce que tu veux que je te dise ?

– … mais … ça va nous échapper Deo !

– Tu veux que je te dise ? Ça nous a déjà échappé ! Je sens bien que c'est la fin des monopoles, des ententes, des conventions, de tout ce que tu veux, tous ces « restez groupés ». Tout ça va éclater en petits morceaux, en parcelles, en grains de poussière…

– …

– C'est la vie, Cam.

– …

– ... puis quelqu'un viendra, ramassera les miettes ou les rachètera ou les forcera – tout ce que tu veux – et ça se réagrégera, tu sais...

– Qu'est-ce que tu comptes faire ?

– Rien. Rien, bien sûr !

Au mieux, quelques sites diffuseront la finale avec quelques annonceurs mineurs récupérés à la dernière minute, au pire, il y a un vrai mouvement alternatif qui agit dans l'ombre et surgit du néant le jour de la finale ? Non, je ne crois pas. Nos partenaires sont des mastodontes du business, ils n'oseront pas se jeter dans l'inconnu. J'ai été assez avisé, ces dernières années pour donner dans le pool une place à chacun, des grosses parts pour les gros, des petites pour les petits.

Tout est pour le mieux, Cam, je t'assure... tu peux me faire confiance. Encore.

Bordosan, banlieue de Kuala Lumpur

Au camp d'entraînement de Baystream United, Shipton Albarel, le coach en second mène la danse.

La troupe enfin réunie fait connaissance et le plan de travail a été exposé.

Six séances d'entraînement tactique en quinze jours. Alternées avec des soins, de la méditation, de la préparation physique.

L'ambiance est bonne, les élus sont heureux d'être là. Les téléphones portables ont été confisqués ainsi que tout autre matériel électronique. Pas le moment d'avoir des commentaires sur les réseaux sociaux. Black-out pour tout le monde et Masters ne plaisantait pas avec ça. Et les joueurs non plus qui ne prendraient pas le risque de se faire virer du poulailler aux œufs d'or.

Voodoo Lounge à l'Amicale des Maréchaux

Le staff des Voodoo Fighters était en ébullition. Depuis qu'ils avaient imposé au coach de l'Amicale des Maréchaux des séances de travail à midi, les joueurs venaient se plaindre régulièrement auprès d'eux car ils estimaient que chacun dans ce club voulait mettre la pression sur les autres et qu'au final, c'était les joueurs qui en faisaient les frais.

Le président voulait des résultats mais sans débourser un euro de plus, les supporters voulaient que les joueurs mouillent le maillot, mais bon, ça a ses limites, en termes de résultats. Le coach voulait changer de poste parce que coach, ça limite déjà par rapport à « General Manager » et qu'en fait, il se retrouve, concrètement, à faire le préparateur physique et ça ne ressemble plus à rien. Autant le dire, dans ce club de la région parisienne, le pouvoir, il était aux mains des supporters.

Les VF avaient mis le pied dans la porte des vestiaires le jour où, mécontents du spectacle donné par l'équipe, ils avaient demandé à rencontrer le staff au complet. Les uns et les autres, fragilisés par leurs propres errements ou doutes, avaient accepté ce face-à-face incongru.

A partir de là, le clan de supporters dicta, petit à petit, ses conditions sur l'organisation, sur la politique du club et les investissements. « Le ver était dans le fruit », dira le président. « Un de plus » dira le manager.

Casalunga

C'était dimanche et il faisait vraiment beau depuis quelques temps. Il était convenu que Beppe viendrait chez Nardo pour faire le point.

– Nardo, qu'est-ce que tu vas faire avec cet argent ?

– Bah, qui sait, j'ai pas vraiment de projet pour l'instant, ça laissera le temps de voir venir...

– Ouais, je vois... c'est vraiment pas ça qui te pousse...

– Toi non plus je dirais, non ?

– Je t'avoue que c'est trop tentant de pouvoir faire la nique à ces tyrans de pacotille.

– Ouah ! Tyrans ?

– Mais ouais, parce que c'est que des questions de pouvoir, même pas de fric à proprement parler. C'est avoir son joujou et le tordre comme on veut pour en faire sa chose. Regarde : Bardoni, Masters, qu'est-ce qu'ils ont besoin de faire dans le foot ? Tu crois qu'ils s'intéressent au jeu ?

– Avec un peu de chance, ça pourrait leur passer ...

– Bah voilà ! On va essayer de réorienter leur parcours professionnel ! dit Beppe d'un ton magistral.

– Bon, on est toujours d'accord, alors ?

– Putain, Nardo, on est qu'au début.

– Allez mon Beppe dis-moi tout !

– Mon cher Nardo Marachini, vous voilà titulaire d'un compte aux îles Caïman. Attention ! Il y a tellement de coffres-forts dans cette île qu'elle pourrait couler !

– ... et pas un distributeur de billets je suppose ?

– Même pas un guichet ... ensuite : M. Stockwell a une ligne directe liée à son pc de contrôle qui est seule à être en réseau au SSG Center. C'est une ligne qui est sauvegardée pour des questions de sécurité. Son « téléphone rouge » à lui, donc, tu vois ce que je te disais sur le pouvoir-et ses attributs ?

– Normal... et tu as le numéro ou pas, j'ai pas suivi ...

– Bah oui, sécurité ou pas, il faut bien qu'il passe par un réseau...

– Bon, bon.

– Pour le reste j'ai fait des recherches sur le canal utilisé pour la diffusion et sur sa configuration... y a pas de raison que je ne puisse pas prendre la main. Mais ça, on ne peut pas le tester par avance.

– Bon, nickel, alors ?

– Hola, hola, et toi, moussaillon, nouvel as de la manette, tu as bien travaillé sur la console que je t'ai filée ?

– Laisse tomber, Beppe ! J'ai des crampes aux mains, putain, j'ai l'impression d'être handicapé !

– Hé ouais, c'est ça les intellos, dès qu'il y a un muscle à bouger, ça frite !

– Ouais, tu dis ça toi, je voudrais te voir quand tu signes un chèque, si tes doigts arrivent encore à tenir un stylo, mon pépère !

– Nardo, pourquoi crois-tu qu'on ait inventé des cartes à puces, fils ? Pff... il va falloir que tu reviennes dans le monde moderne...

– ... et c'est toi, qui va m'y emmener ?

– Euh, te donner la direction, peut-être...

– Merci, mon maître.

Bon, travaux pratiques alors, on se fait une partie ?

Les tests se succédèrent, parties acharnées à la console mais coups de téléphones aussi, pour mettre Nardo dans la peau du maître-chanteur. Pas facile pour lui, ce genre de prestation, mais peu à peu, il prit le dessus sur la crainte de la bourde.

En dix jours, le tandem était quasiment au point.

Beau travail !

Camp d'entraînement de Chengdu

Du travail, Vertchouk n'en manquait pas sur les terres chinoises choisies pour la préparation. La sauce ne prenait pas trop encore entre les africains, les slaves et les britanniques. Les sud-américains, eux, s'adaptaient à tous, ou ne s'intéressaient à personne, si on veut.

On voyait bien la différence de rythme entre les poulains africains que Vertchouk avait en main depuis plusieurs semaines et les étalons nouvellement arrivés, tout auréolés de l'invitation qui leur était faite à participer à la « Fête mondiale du football » !

Vertchouk avait l'habitude.

Bureau de Dusart

Dusart avait réussi à avoir Ferrand au téléphone, histoire de faire le point sur les écuries en présence pour la finale.

Ferrand confirma qu'il avait placé quatre des siens chez les Scarecrows et sept chez Baystream.

– Comment as-tu pu recoller les morceaux de Stapton pour le faire prendre par Masters ?

– J'ai mis des rouleaux de billets verts autour pour le rendre plus attrayant... Non, je lui ai donné Scurtos quasiment pour rien et ça me coûte, mais je crois que ça permettra de rendre les deux plus bankable pour la fin d'année...

– Et tu crois qu'ils vont avoir leur place pour le match ?

– Bah, après tout, c'est quoi tout ça : 90 minutes de sport, ou 120 si besoin, y a pas de quoi tuer un homme.

– Tuer un homme, non, mais le ridiculiser ou faire perdre du pognon à ceux qui en ont et qui l'auraient mauvaise en cas de défaite...

– Tu sais, Dusart, pour moi, cette finale, c'est déjà du passé... Allez, je te laisse. A plus...

Bon, Ferrand était comme ça. Il avait fait ses affaires, c'était réglé. Il savait aussi que, une fois la finale passée, chacun aurait la mémoire courte, repartirait vers de nouvelles ambitions et chaque joueur, vainqueur ou vaincu, retrouverait son marché. Et lui, sa part de ce marché. C'était inéluctable.

Jour « J »

Au Shu Pan Stadium de Shanghai, comme convenu, le stade était vide. Au sens où on peut l'entendre pour un stade. Il y avait en fait une dizaine d'opérateurs de télévision postés aux différents endroits réputés stratégiques pour la bonne lecture du jeu. Les techniciens de Fast-Fore, pour leur part, avaient l'œil sur la bonne tenue des dizaines de capteurs du ShowSpot. Les officiels de l'arbitrage, rassemblés à hauteur de la ligne médiane, côté « panneau central », les personnels soignants au même niveau mais côté « panneau frontal ». Ici où là, quelques personnes des services d'entretien.

Les staffs des équipes étaient encore dans les tunnels d'accès au terrain. Quelques mouettes avaient senti que quelque chose allait se passer là et elles attendaient patiemment sur les mats des projecteurs.

Dix mètres en-dessous du terrain, le Bunker était en pleine activité. Restaurants et bars ouverts, salles de spectacle et au centre de ce microcosme, l'aquarium, comme on avait appelé le ShowSpotGreen. A quelques mètres du SSG, en hauteur, des baies vitrées laissent apparaître le local de la régie où est également installé le calculateur central ShowSpot. Ce petit monde était coupé du reste de la planète pendant cinq heures pour l'avant-match, le match et l'après-match.

Quelques mètres plus haut, les colosses de Baystream United étaient occupés qui à lacer ses chaussures, qui à plier ses affaires méticuleusement, qui à répéter encore les mêmes gestes du rituel d'avant-match. Tous ensemble et chacun isolé pourtant dans sa préparation. C'est sûr qu'avant ce match, ces garçons-là n'avaient eu que peu d'occasions de se fréquenter. La composition des équipes pouvant bouger jusqu'à quinze jours de la finale, ça ne laisse que deux semaines de travail en commun. Certes, la plupart se connaissent, se sont croisés sur les terrains, mais le coach doit faire un sacré boulot pour mettre en musique son idée de jeu. A tel point qu'il lui est donné, en cours de match, d'intervenir directement auprès des joueurs. Depuis 2017, en effet, les joueurs sont équipés d'une oreillette par laquelle ils reçoivent les consignes qui étaient auparavant hurlées du bord de touche. On constatera que s'ils sont équipés d'une oreillette, ils ne sont pas pour autant équipés de micros.

Pour ce qui concerne l'équipe de Baystream, sur les quatorze joueurs inscrits sur la feuille de match de la finale, seuls trois d'entre eux étaient là en début de saison. Le dernier venu a été signé à 30 minutes de la fin de la foire aux bestiaux. Et dans ce vestiaire, comme dans celui d'à côté, ça rumine, ça envisage et ça tente de se motiver pour le dernier match de la saison.

28 hommes, 28 machines de guerre aux ordres de deux coaches aussi anonymes qu'impénétrables. Les rôles sont désormais bien établis dans cet establishment-là, les grandes gueules, ce sont les proprios, ceux qui mettent la main à la poche. Les entraîneurs, techniciens, managers, général-managers, « misters », éducateurs et autres tacticiens, c'est du foot nostalgie. Ceux d'aujourd'hui se débattent entre la gestion des egos des joueurs et les inspirations techniques des présidents.

Bien sûr, tout un chacun s'est préparé pour ce jour-là. De ceux qui usent de la méditation à ceux qui se gorgent de produits chimiques le tableau est éloquent : personne ne veut affronter le jour J seul. Et pourtant, il va falloir faire une passe au gars assis à côté de vous. Ce n'est pas en 6 sessions de travail tactique que ça peut marcher, mais bon, on fait semblant d'y croire. Surtout, pendant ces rassemblements, montrer son envie, sa foi dans ses propres forces. Tout le contraire de la réalité, donc.

Chez les Scarecrow Wings, la même torpeur règne. Donovan Laynee fixe la lucarne du vestiaire qui donne à voir un coin de ciel. Un filet d'air se glisse par là et il semble bien léger à côté des montagnes de viande exposées sur les bancs. Les bandelettes tournoient autour des mollets, les crampons résonnent déjà pour quelques impatients. Encore cinq minutes et le coach viendra présenter sa vidéo pour rappeler les consignes de jeu.

Dans le vestiaire bleu, les mercenaires de Baystream font la queue devant la délégation d'arbitrage venue faire remplir les attestations de santé. A la différence des contrôles antidoping d'antan, les joueurs doivent certifier qu'ils n'ont pas pris de produits de la liste orange des produits nocifs. En cas de pépin, ils seraient évidemment seuls coupables.

Dans un coin trop petit pour lui, une armoire de deux mètres se prépare méticuleusement. Marque déposée : Kroosvalt Sven. L'animal était connu, certes, pour ses coups de tête ravageurs et souvent buteurs mais aussi pour sa surface d'exposition dorsale. En effet, c'est lui qui portait la plus grande taille de maillot parmi l'élite. Et quand on dit porter, c'est porter clairement, correctement, bien lisse, sans pli et sans se salir, un gentleman du style vestimentaire, quoi. Au prix de l'inscription de signes sur les différentes casaques, prix réglementés par la Ligue Mondiale, le maillot de Kroosvalt valait son pesant d'or. La lutte avec les instances de la Ligue avait été âpre et c'était son agent qui l'avait menée. En effet pour une montagne comme Kroosvalt qui crève les écrans du monde entier, on ne pouvait accepter – disait l'agent – que son corps soit recouvert uniquement de signes négociés par les patrons de clubs. Il s'agissait-là de « liberté individuelle » bafouée.

L'agent n'obtint pas gain de cause, les équipements étant la propriété du club. A défaut, et toujours, sur la notion de liberté individuelle, il fit valoir que le corps même du joueur était inaliénable (!) et qu'il pouvait sur sa peau inscrire ce que bon lui semblait. Ce qui ouvrait d'autres débats sur la « location » de surface de corps d'un individu à des sociétés commerciales.

La Ligue se déclara incompétente pour statuer sur cette question. Aucune instance d'ailleurs n'osa exprimer quoi que ce soit sur cette question. Cela resta un thème de forums internet et de unes de tabloïds avec force images de corps exposés.

Et Sven Kroosvalt se transforma en placard publicitaire sur pattes. On dira par la suite qu'il devenait pénible à regarder jouer avec cette quantité de tatouages et logos qu'il arborait à chaque match. Ajoutez à cela, les images sur les maillots, les chaussettes, les chaussures, les bandeaux, les gants de gardiens, les drapeaux de corner, les filets de buts, les gradins et tribunes transformés en panneaux publicitaires virtuels et mobiles, tout cela donnait le tournis.

Zoltan Kostic, comme à son habitude, tient le rôle du guignol slave, qui met l'ambiance, qui provoque, qui a du mal à gérer son taux de testostérone et finalement insupporte tout le monde. Trop content, on peut le comprendre, d'être admis à sa première finale de Ligue

Mondiale. Ferrand lui avait assuré une place au chaud pour la saison régulière prochaine aux States, et ça, c'était jouissif. Pour le reste, comment Ferrand s'était débrouillé pour le faire arriver à cette finale... Bah !

Dans le vestiaire jaune, Vertchouk est arrivé avec son matériel vidéo et l'installe contre un mur. Le coach Arbedek le suit de près, cigarette au bec. Les uns et les autres rassemblent leurs esprits et convergent des yeux vers le tableau. L'idée de base du jeu d'Arbedek voulu par Bardoni, c'est : « on laisse venir, on fait bloc à 20 mètres et on part en contre-attaque ». Bon, on peut mettre au crédit des deux cerveaux qu'ils ont fait leur marché dans ce sens. On peut faire aussi le pari que les joueurs en question n'auront pas trop de questions à se poser pour appliquer ces règles-là.

Chez les Baystream, c'est Giamari Luis qui est à la baguette. Lui, il utilise encore un tableau de papier, mais bon, c'est pas très lisible, diront certains. D'autres disent qu'il ne sait pas vraiment ce qu'il veut... En tout cas, ce qu'on en retient avec lui, c'est : « la maîtrise des secteurs ». Bon, mais c'est vrai que ce n'est pas très clair : on maîtrise en gardant la balle ou on verrouille sans reculer ?

A bien voir ce qui se dit dans les deux vestiaires, on pourrait d'ores et déjà se demander : qui va prendre le jeu à son compte ?

Chez Beppe, tout le monde est concentré. Beppe vérifie son matériel, Nardo relit les commentaires sportifs de la veille, Concetta fait tourner le poulet sur la broche, la télévision ronronne en fond.

De sa cellule de prison, Jérémie entendait les spots publicitaires hurlés par le grand rassemblement du foot mondial. Lui n'avait qu'une petite radio dans sa couchette mais le foot n'était plus sa préoccupation majeure désormais. Depuis son arrestation, il lui avait été promis un bel avenir à l'ombre. Il savait aussi que ses amis avaient pour devise de couper les branches pourries. Une longue traversée du désert s'offrait à lui. D'autres propositions juteuses lui seraient faites par des voisins d'infortune.

La pression était à son comble dans les souterrains. Les lieux étaient disposés de telle manière que les deux équipes ne pouvaient pas être en contact avant d'entrer sur le terrain. Les deux formations s'alignaient dans des couloirs séparés par un mur puis par une toile qui empêchait toute vision, cela ressemblait assez à la notion d'œillères, qui en dit long sur l'idée qu'on pourrait se faire de la situation.

Les équipes pénètrent enfin sur le terrain et tout ce petit monde se met en action, musique, porte-voix des annonceurs, brouhaha général assez peu raccord avec la langueur qui règne sur les canapés autour de l'aquarium. Finalement un attroupement se crée autour du bocal et on commence à y croire.

Les officiels serrent les mains, les joueurs se toisent, chacun prend sa place et on écoute, la main sur le cœur l'hymne de la Ligue Mondiale. Ensuite les joueurs vont se positionner sur l'installation réservée à la photo officielle.

Puis on passe au toss, re-serrage de mains et on fait évacuer le terrain de tout ce qui ne porte pas un short et des chaussures à crampons. Les joueurs rejoignent leur emplacement sur le terrain.

On voit sur les écrans l'air qui flotte sur la pelouse comme pour les départs de grands Prix de Formule Un. Un dernier coup d'œil de l'arbitre vers ses assistants, un acquiescement de la table d'arbitrage et le coup d'envoi est donné.

C'est Kroosvelt qui fait la passe à Wokeb pour Baystream.

Autour du ShowSpotGreen, les premières minutes bénéficient encore d'un relatif enthousiasme qui s'éteint au fur et à mesure que le temps passe, amorti par les fautes, les mauvaises passes, le manque d'idées, pour tout dire le peu de spectacle proposé par les deux équipes.

Sur la table des comploteurs, le poulet n'est plus qu'une carcasse, le café est déjà servi et Nardo prépare son accoutrement de braqueur de fédérations.

Dans la régie de Sporting Box, Stockwell est seul et il croise les doigts. C'est son domaine et nul n'est habilité à y pénétrer. Les gars de Fast-Fore avaient bien essayé de se mêler à la réalisation, mais Stockwell ayant les droits de diffusion, il n'avait pas accepté que le procédé lui enlève la maîtrise de l'événement. Il passa à la caisse de la Ligue et la Ligue lui refila l'agrément pour usage du procédé. Basta ! C'est lui qui gère. Pour ce qui est du ShowSpot, en fait, il faut juste vérifier que ça fonctionne. Une fois allumé, tout est en place, rideau ! Stockwell, ça le gave ce procédé. Il ne le considère même pas comme un élément concurrent, juste un joujou pour ces people qui veulent rester entre soi.

Dans le casque-micro du patron, un bip :

– Allô, Monsieur Stockwell ?

– … qui êtes-vous ? Que faites-vous sur cette ligne ?

– Je suis votre nouveau partenaire de diffusion.

– … écoutez, je n'ai pas de temps à perdre, comment avez-vous eu ce numéro ?

– Je vous l'ai dit, je suis votre nouveau partenaire, j'ai donc des moyens à la hauteur de nos ambitions…

– …

– Mais vous avez raison, nous n'avons pas de temps à perdre un jour comme aujourd'hui, voulez-vous jeter un coup d'œil à la partie qui se déroule sur votre écran ? Vous voyez, il y a un joueur qui veut vous faire « coucou »…

– Qu'est-ce que…

– Voilà, bonjour Monsieur Stockwell ! Ah pardon, je dois tirer le corner…

– Qu'est-ce que ça veut dire ? dit-il en se tournant vers le ShowSpotGreen.

– Eh bien, ça veut dire, en gros, que le match qui se joue à l'écran, n'est pas celui qui se joue à quelques mètres de vous, n'est-ce pas ?

– … putain, vous êtes qui, bordel ?

– Du calme, partenaire ! Peu importe qui je suis, ce qui importe, c'est ce que nous voulons faire ensemble. Vous allez voir, je suis assez conciliant, je vous propose plusieurs formules et c'est vous qui choisissez. La première : vous versez dix millions de dollars sur un compte dont je vous donne les coordonnées et vous récupérez votre diffusion. La deuxième : nous gardons le contrôle de la diffusion et c'est nous qui décidons du sort du match. Du coup, nous investissons en conséquence sur les différentes places de paris que vous connaissez d'ailleurs, n'est-ce pas ?

– Vous êtes fou à lier…

– Je vous invite à réfléchir rapidement car nous sommes actuellement en diffusion d'un spot et quand le jeu reprendra, tout peut arriver et surtout, ce qui aura été diffusé ne pourra pas être effacé. Je ne sais pas si vous aviez vous-même pronostiqué quelque chose...

– Ordure...

– J'ai oublié de vous dire qu'à chaque minute qui passe, le montant de la transaction grimpera d'un petit million. Attention, c'est parti ! Tic-tac, tic-tac...

Stockwell était en nage, il fit le noir total sur les écrans allumés et rassembla ses idées. La menace était bien réelle. Les images étaient diffusées et il fallait les arrêter au plus tôt. Même si le traquenard pouvait être expliqué et rendu public, le mal aura été fait à la minute même où le contrôle de la diffusion aura été perdu puisque les paris engagés et les accords passés seraient mis à mal. Trop d'argent en jeu, trop de partenaires, trop d'arrangements organisés. Trop, trop. Trop risqué. Il fallait tout arrêter au plus vite.

Au bout du fil, toujours le « tic-tac ».

– Allô !

– ... tac, oui ?

– Qui êtes-vous, bon sang ?

– Un ami qui vous veut du bien. Je vous écoute...

– Arrêtez tout ça !

– OK, je vous donne le numéro, vous avez de quoi noter ? Ne perdez pas de temps.

Le numéro fut donné et tout fut réglé en deux temps trois mouvements, en mode automatique, Stockwell avait perdu pied. Après confirmation du versement de la somme, les affaires reprirent leur cours normal.

– Merci Monsieur Stockwell, nous allons nous caler sur la prochaine reprise de jeu de votre partie. Très heureux d'avoir participé à cet événement en votre compagnie. A plus tard !

– A jamais !

On en était à la quarantième minute de jeu et tout était rentré dans l'ordre. Lui seul savait ce qui s'était passé. Par la baie vitrée qui surplombe le SSG, Stockwell observait sa création. Autour du SSG, ça gloussait, ça sirotait sans passion. Le spectacle était visible de tout angle mais le spectacle n'était pas au rendez-vous, comme souvent. Après avoir changé de chemise, Stockwell descendit rejoindre ses invités à l'étage inférieur où se trouvait le bloc SSG.

Nardo retira en sueur le passe-montagne qui lui avait servi à masquer sa voix et tomba dans les bras de Beppe qui avait déjà débouché une bouteille de Champagne.

– Juste un apéro, frère, le match n'est pas terminé !

A la mi-temps, le score en était toujours à 0-0. Reflet du niveau de jeu insipide de la rencontre. Certes, il y avait de l'engagement, quelques tentatives individuelles, mais pas la moindre action de but à se mettre sous la dent.

Pendant que l'écran repassait en boucle les messages promotionnels des sponsors de la finale, Nardo et Beppe jouaient avec les chats au soleil.

Juste une question de quelques minutes, ensuite c'est la seconde partie du plan de Nardo qui mettrait le feu au petit monde du sport.

La télévision était allumée en fond et les deux compères guettaient l'éventuel jingle sonore qui caractériserait l'ouverture du score. Mais rien ne venait. Beppe rigola en pensant que ce serait diabolique s'ils étaient en train de guetter un but dans un match qui serait déjà trafiqué par d'autres qui auraient eu la même idée qu'eux !

Rien ne se passa jusqu'à ce que s'affiche la durée du temps additionnel.

2 minutes ! Les deux amis étaient aux manettes, Beppe fit sa manipulation pour décrocher la diffusion à l'arrêt de jeu suivant. Ce qui était risqué car sur deux minutes il pouvait ne pas y en avoir. Mais le sort en voulu autrement. Une sortie en touche, un spot de trois secondes, noir total sur les écrans de contrôle de Stockwell et l'équipe de Beppe jouait contre l'équipe de Nardo.

Pendant les deux secondes de black-out, Le sieur Stockwell avait vu ses angoisses se matérialiser en pensant que le logiciel bidon avait rendu l'âme, il fut donc rassuré un quart de seconde en voyant les images revenir. Puis il s'effondra en comprenant ce qui venait de se passer.

Il avait été convenu entre les deux amis que Laynee ne pouvait être battu sur ce match là et donc le but devait venir de l'équipe de Nardo.

« Enfin un peu de jeu ! » doivent se dire les téléspectateurs, pensa Nardo.

Et hop, une longue transversale, une faute à hauteur des 25 mètres et un peu de temps à perdre en discussion avec l'arbitre.

Coup franc tiré par Nardo, lucarne et but ! Il reste 30 secondes à jouer.

Remise en jeu, une passe au gardien, un long dégagement et coup de sifflet final ! Serrage de mains, ballon à l'arbitre et hop ! 5 minutes de pub.

Le monde entier est au courant du score : 1-0 pour les Scarecrow Wings, but de Jenkins à la 90e +1.

Stockwell est paralysé. Aux quatre coins de la planète, les parieurs gagnants passent à la caisse.

Les présidents quant à eux, sont dans la minuscule tribune officielle située au centre du SSG avec les membres de la fédération à attendre que la prolongation soit ordonnée par l'arbitre. Bardoni et Masters s'affairent chacun au centre de sa petite cour, Gorini pérore avec quelques apôtres sur la qualité du face-à-face tactique des deux entraîneurs. Les gars de FastFore, qui sont là seulement pour vérifier que le système Showspot fonctionne bien, qu'il est beau, qu'il est fiable, qu'il permet plein de choses, sont en fait un peu paumés parmi ce gratin de légumes.

Après réflexion, Stockwell remarque que tant que durera la prolongation, il sera libre d'agir, le bloc SSG étant coupé des communications extérieures par la réglementation du Cartel qui pensait ainsi éviter des magouilles en cours de match ! Sage précaution !

Partir ou rester ? Stockwell pourrait invoquer pour sa défense que la sécurité a été défaillante et que la diffusion a été piratée mais la sécurité, c'est lui.

Il réalisa tout à coup qu'il y avait un passage de quelques minutes qui avait été piraté à la quarantième minute et que cela se verrait s'il y avait une enquête, bien sûr... L'étau se resserrait autour de lui et plus le temps passe et plus il est coupable de ne pas révéler aux personnes présentes au SSG que le match est terminé aux yeux du monde entier. Le mieux, est encore de dire la vérité : il a été racketté, il a payé et ses bourreaux ont enfoncé le clou. Il faudra déconnecter les écrans dans la salle de contrôle pour justifier du fait qu'il n'ait pas constaté par lui-même le second piratage et en ait fait état... Allez, c'est sa dernière chance. Il va appeler ses services techniques pour signaler la panne. Allez, giclez les écrans ! Putain ! 3 minutes d'écoulées déjà ...

Il se jette sur son téléphone.

– Allô, Scanlon ?
– Oui patron, qu'est-ce qui se passe ?
– Quoi ?
– Ben, ça fait trois minutes que le match est terminé... on attend la suite...
– Comment ça, terminé ? Putain mes écrans sont explosés, ça fait un quart d'heure que j'essaye de les bidouiller... Comment ça terminé ?
– Ben. Fini, quoi, 1-0 pour les Scarecrows et fini, quoi...
– Putain, Scanlon, on s'est fait doubler, envoie le programme de secours, je descends voir les officiels, envoie la sécurité et ramène-toi ici, on est dans la merde...

Scanlon n'avait pas tout compris. Juste le « on » qui le gênait un peu. Mais bon, il devait s'être passé quelque chose de lourd pour que

Stockwell soit dans cet état... On allait peut-être s'amuser.

« C'est quoi ce bordel ? » hurlait Bardoni quand Scanlon déboucha de son ascenseur. Masters tenait Stockwell par le col. Les chaises étaient renversées dans l'espace « officiels ». Stockwell avait bien du cracher le morceau.

Il était descendu dans la fosse aux lions en faisant de grands gestes aux présidents. « On a subi une attaque de piratage » avaient été ses premières paroles. Les réactions, sur les visages étaient entre stupéfaction et incompréhension, puis un mouvement de panique gagna le petit groupe. Chacun soupçonna son voisin de triche ou d'escroquerie, on ne savait pas trop encore...

Ce qui put être compris c'est que la diffusion de la finale avait été remplacée par un faux match et que le reste du monde avait vu ce match-là et pas celui qui s'était tenu sous le nez de nos illustres convives.

Bardoni voulait voir de ses yeux ce qui se passait, Masters voulait appeler son bureau, les sous-fifres de la Ligue essayaient de se fondre dans le courant de l'un ou de l'autre. Tout ce petit monde essaya de s'engouffrer dans l'ascenseur public et le « réservé ».

Scanlon se mettait à disposition de Stockwell qui avait perdu toute consistance. Pour le reste, autour de l'aquarium, le même brouhaha couvrait la moindre parole échangée.

Lorsque la meute déboula de l'ascenseur sur l'emplacement réservé dans l'enceinte du stade, les joueurs étaient encore en train de taper dans le ballon et ce fut comme une bouffée de chaleur qui s'empara de la couverture synthétique du terrain de jeu.

Masters essayait de capter quelqu'un au téléphone, Bardoni cherchait Vertchouk pour lui demander des comptes bien improbables sur le pourquoi d'un comment que lui-même ignorait. La confusion gagna le corps arbitral qui ne savait s'il devait interdire ou accompagner cette intrusion des patrons. Les joueurs se regardaient, interrogatifs : pas de message dans les oreillettes.

En vérité, personne ne savait ce qu'il convenait de faire. Gorini tenta une médiation en rassemblant les deux présidents et proposant que la Ligue publie immédiatement un communiqué officialisant la non-homologation du résultat de la finale.

Les deux patrons s'accordèrent sur ce premier point. Le point suivant était de se réunir à quatre, avec Gorini et Stockwell pour comprendre ce qui s'était passé, quels étaient les enjeux et les pertes subies surtout.

Casale Rapeno

Nardo était assis par terre, sa coupe de champagne près de lui. Il riait tout seul. Beppe était encore à réfléchir au tour qu'ils venaient de jouer à la communauté du ballon rond.

Il se tourna finalement vers Nardo.

– Tu sais, Nardo, l'année prochaine, je vais parier un max sur l'annulation de la finale…

– Bah, c'est idiot, on va se douter que tu es dans le coup !

– Ah, c'est juste…

– … ou non, d'ailleurs, on ne doit pas être les seuls à penser que ça puisse arriver.

– D'un autre côté, si des gens parient sur ça, ça va inciter les mêmes ou d'autres à trouver des moyens de le faire !

– ... jusqu'à ce que les parieurs soient plus nombreux à parier sur l'annulation que sur le résultat du match...

– ... du coup... putain, j'ai mal à la tête.

– Je te propose qu'on prenne une date pour dans un an pour étudier la question, dit sérieusement Nardo.

Le temps resta suspendu un long moment.

Concetta fit son apparition à ce moment et constata un état de légère ébriété chez les deux compères. Elle empoigna donc la bouteille qui trônait sur la table et ... se servit une belle petite coupe à la santé des deux garçons.

– Comment as-tu pu dormir, Concetta avec tout ce qui se passe dans le monde en ce moment ?

– Garçon ! Si je devais dormir en fonction de ce qui se passe dans le monde, quand est-ce que je dormirais ?

Les deux s'esclaffèrent de bon cœur.

Les jours qui suivirent la belle affaire furent enjolivés de la lumière bleue de la mer qui se reflétait sur les visages des deux acolytes. Ils avaient volé un peu de temps au temps pour jouer comme avant sur la plage, avec virée en barque de pêcheur et petites sardines du jour sur le gril.

– Beppe, qu'as-tu fait de ton chinois avec tout ça ?

– Je lui ai fait miroiter une mer de dollars et yens en lui proposant des aménagements sur son projet...

– Houla, ça sent l'embrouille...

– Bof, ça me donne quelques semaines de marge supplémentaire. C'est pas ça qui va le mettre dans le rouge !

– C'est quoi son business, à lui ?

– Faire du pognon, je crois...

– C'est pas un métier, ça.

– Justement, il s'emmerde et il a tout le temps de faire chier ceux qui travaillent !

– Excuse-moi, Beppe, je ne voulais pas...

– T'inquiète ! Je gère...

– Ouais, je sais. Tu es meilleur que moi dans ce genre de choses.

– Bah, on est comme on est, que veux-tu, mais, si tu y penses, Nardo, qui aurait dit, il y a seulement un mois qu'on serait là, comme avant... trente ans avant ?

– Je ne savais même pas que ça pouvait revenir, tu sais ...

– C'est vertigineux, arriver et partir dans cette histoire de finale, putain Nardo !

– J'ai même pas le prétexte de dire que je l'avais cogité pendant toutes ces années !

– Aah... « Ces années » ...

Nardo finit de vider la bouteille de pétillant dans les deux verres et invita son ami à porter un toast à l'avenir. Beppe attendait la suite.

– Beppe, j'ai un petit voyage à faire et comme tu connais déjà la route, je me suis dit que tu pourrais m'accompagner.

– Putain, Nardo ? Tu veux retourner en prison ? pouffa Beppe.

Statale 240, km 124

Nardo avait une vague appréhension. Peut-être la pancarte ne serait-elle plus là ? Tout son scénario ruminé depuis des jours tomberait à l'eau, mais bon, c'était seulement un petit guide pour se rassurer.

Il s'était fait larguer quelques centaines de mètres en amont du motel, histoire de se mettre dans l'ambiance en douceur...

Il marchait tranquillement, son sac sur le dos et une cigarette au bec. Le ciel azur annonçait une belle journée d'été, comme il les aime. Le souffle des vagues proches accompagnait ses pas. Les mouettes elles-mêmes étaient de la partie.

Il s'arrêta face à l'entrée et s'assit sur une borne comme posée là à dessein.

Scruta l'établissement.

Quelques secondes seulement et la porte s'ouvrit. Edelia s'avança en souriant. Elle lança :

- Vous avez fait le chemin à pied cette fois !

Temps additionnel

Temps additionnel

Éditeur : BoD-Books on Demand, 12/14 rond point des Champs Élysées, 75008 Paris, France

Impression : BoD-Books on Demand, Norderstedt, Allemagne

ISBN : 978-2-8106-1629-9

Dépôt légal : mars 2016